COL

Thomas Gunzig

Mort d'un parfait bilingue

Gallimard

© Éditions Au diable vauvert, 2001.

Né en 1970 à Bruxelles, Thomas Gunzig a reçu plusieurs prix en Belgique. En trois recueils de nouvelles burlesques et noires, il a imposé son style.

Mort d'un parfait bilingue, son premier roman, a reçu le prix international du Club-Méd 2001 et le prix Victor-Rossel 2001.

Pour Sarah et Naomi

« Si l'ennemi se concentre, il perd du terrain, s'il se disperse, il perd de sa force. »

GÉNÉRAL GIAP,
Armée du Nord-Vietnam

« La sexualité humaine est essentiellement d'origine traumatique. »

JOYCE MCDOUGALL,
Psychanalyste,
Éros à mille visages

« Nos enfants ont de la chance d'entrer en ce monde. »

JEAN-MARIE MESSIER,
ex-P-DG de Vivendi-Universal,
J6M. COM

1

Ceux qui m'ont connu à l'époque des terribles événements de mars 1978 vous diront que je n'étais pas un type sur les pieds duquel on pouvait venir marcher. Je n'étais ni très costaud, ni très vif, ni très souple, ni très rapide à la course, et je m'y prenais plutôt mal avec les armes. Bref, je n'avais aucun point commun avec la plupart des bonshommes qui habitaient en ville et passaient le plus clair de leur temps à se faire des clés japonaises et à se démettre des épaules ou qui savaient démonter les M16 achetés dans les stocks américains pour les planquer dans les essieux des voitures. Je n'étais pas comme ça. Mais j'étais un vrai vicelard dont il fallait se méfier. Je n'avais jamais fait grand-chose de passionnant dans ma vie, mais j'aurais pu décrocher un doctorat en coups fourrés. Je savais détourner de l'argent, couper la cocaïne avec de la poudre à lessiver, je pouvais orienter le touriste le plus exigeant sur le modèle de fille qu'il voulait. Il voulait une rousse, je fournissais la rousse. Il voulait une brune, je fournissais la brune. Une borgne ? Pas de problème. Une obèse ? Pas de problème. Des vraies salopes ? Des vraies salopes jusqu'au plafond, je pouvais en fournir. Je pouvais aussi tuer des gens. Mais ça, autant que possible, j'évitais, fallait que je crève vraiment la dalle pour en arriver là. À cette époque, je n'avais tué qu'un seul type : Pierre « Petit Pois » Roberts était marié à la sœur d'un sous-officier slovène appelé Moktar qui avait complètement largué les amarres pendant la guerre à cause de Turcs qui lui avaient cassé les orteils et avaient essayé de le noyer, avec vingt-cinq autres, dans les toilettes de la gare de Svarvik. Il s'en était sorti, mais il était devenu dingue. Et pour certaines raisons que j'expliquerai plus loin, il en voulait à mort à Pierre « Petit Pois » Roberts, mari de Suzy, sa sœur, et il offrait un paquet d'argent au premier qui lui ferait la peau. Je vous passe les détails, mais tuer ce type avait été un boulot vraiment pourri. Il avait un magasin de téléviseurs dans lequel il habitait. Même quand j'ai sonné chez lui je ne savais pas comment j'allais m'y prendre. Tout ce que je savais c'était que je devais lui faire la peau. Quand il a ouvert, je me suis jeté sur lui. On s'est battus comme des chiens en bousillant tout le hall d'entrée et le salon. Vases, miroirs, étagères, tout se cassait la figure. Je l'ai poursuivi dans son atelier où une dizaine de télévisions retransmettaient la même émission sur la fécondation in vitro. « Petit Pois » Roberts frappait sec. Visait bien. Dans les yeux, le nez, le foie, le sternum. Il avait dû être boxeur. Mais j'avais tellement faim que j'ai fini par l'avoir. Chaque fois que mes poings atteignaient leur but, je voyais un sandwich au jambon. J'ai eu mal aux mains pendant des semaines. J'avais l'impression de me promener avec des enclumes au bout des bras. Après avoir mangé, je m'étais précipité à la banque et j'avais ouvert un compte épargne pour y déposer l'argent que j'avais reçu. Ça m'avait permis d'être à l'abri. Pour un temps, j'étais à l'aise.

2

En plein été la ville ressemblait à une pomme au four. Le soleil vous arrivait dessus, toutes griffes dehors, s'attaquant à la peau du nez, des oreilles ou des avant-bras avec une voracité de termite africain. On était obligé de rester chez soi, assis à poil devant les machines à air conditionné, à siroter des baccardi-coca, à regarder la météo et des dessins animés japonais. Les gens qui se retrouvaient dehors faisaient des grimaces d'haltérophiles, dans les rangs des petits vieux c'était une hécatombe, leurs cœurs ridés s'ébouillantaient comme de vieux oursins, des ambulanciers trempés de sueur venaient les chercher et les embarquaient par trois ou quatre pour gagner du temps. Madame Scapone, une petite vieille qui habitait en bas de chez moi, veuve d'un Italien, n'arrêtait plus de se plaindre. « Avec leur gaz et leur nucléaire, ils ont fichu les saisons en l'air », elle me disait chaque fois que je la croisais.

Toutes les odeurs qui étaient restées figées par la saison froide saturaient maintenant l'atmosphère : l'odeur sucrée des déodorants, l'odeur des chiens endormis, l'odeur de la sève et du gazon grillé, des huiles de moteurs, l'odeur de fruits et légumes, de fromages en tout genre, d'eau croupie et l'odeur piquante de la poussière descendue en essaims des montagnes environnantes.

C'était peu de temps après cette histoire avec Pierre « Petit Pois » Roberts. J'avais du fric, mais j'étais déprimé. J'avais passé une bonne partie de l'après-midi avec le sous-officier Moktar dont les interminables lamentations ressemblaient à l'*Iliade* et l'*Odyssée*. Suzy, sa sœur, lui posait de sérieux problèmes. Il était sûr que depuis la mort de son mari, elle couchait avec une bande de soldats cantonnés en ville depuis quelques semaines et qui avaient un accent que personne ne comprenait.

— Ce sont des salopards de Turcs, disait Moktar en s'agrippant à ma cuisse. Ma sœur se fait baiser par une bande de salopards de Turcs.

Nous étions à une table du *Bateau qui se plante*, un restaurant servant plus ou moins d'hôtel, plus ou moins d'entrepôt et plus ou moins de club de mah-jong ouvert un an plus tôt par un Vietnamien taciturne appelé Dao Min. Il avait servi dans la marine du Viêt-cong avant de venir s'installer ici à la suite de la terrible défaite des « Mille Maïs » où la plus grande partie de son armée avait péri noyée comme une colonie de rats, dans le réseau de galeries creusées sous le Nord-Vietnam. Dao Min s'en était sorti par miracle mais il était devenu claustrophobe, il se mettait à pleurer en vietnamien quand quelqu'un fermait l'une des quatre fenêtres du restaurant. Une petite prostituée avec qui il avait passé une nuit affirmait que, une fois endormi en boule, poings serrés, sa peau caramel trempée de sueur, il rêvait qu'il était un rat et qu'il allait mourir. Mais, à côté de tout ça, il cuisinait bien et son affaire tournait, malgré cette rumeur lancée par une concurrence jalouse selon laquelle un client aurait trouvé une canine de lévrier dans le porc sauté aux légumes. Peut-être qu'une partie du succès de Dao Min venait de son talent à s'entourer d'une équipe de splendides serveuses qui gambadaient de table en table comme des sauterelles souriantes, faisant ressembler le restaurant à un champ de coquelicots au mois d'avril.

C'était là que travaillait Minitrip quand je l'avais rencontrée la première fois, en décembre 1976, au beau milieu d'un hiver armé jusqu'aux dents de givre et de neige dans lequel elle m'était apparue comme le plus brûlant des incendies. C'était la reine parmi les sauterelles de Dao Min, ses cheveux sentaient la cannelle et le shampooing à la réglisse. Ils tombaient comme une cascade d'huile de cobalt sur le col de sa chemise et ses yeux, sombres et profonds, me faisaient penser à la forêt sibérienne où vivent les loups, les grizzlis et les bancs de saumons sauvages. Elle avait une voix douce et gentille.

— C'est pour manger ou juste pour boire un verre ? elle m'avait demandé.

Ce jour-là, j'avais eu l'impression qu'un type m'ouvrait les veines avec la lame d'un couteau rouillé, mon sang en ébullition, aussi noir qu'un lac de pétrole, s'était répandu aux pieds de la jeune fille.

J'étais venu de plus en plus souvent et j'avais réussi à faire connaissance. Elle s'asseyait à ma table, me parlait de tout et de rien, de son chat, de ses chaussures, de son amoureux infidèle et elle aspirait à la paille la mousse légère des milk-shakes de Dao Min en trouvant formidable la façon dont je l'écoutais. Ça me faisait une belle jambe. Après une semaine, je rêvais de l'épouser, de vivre avec elle dans une maison de la zone résidentielle et de lui faire des enfants aux cheveux sombres et à la voix tendre.

Minitrip était une fille merveilleuse, elle vivait avec le plus minable connard qui ait vu le jour et me prenait pour son meilleur ami. Cette histoire, et la façon dont elle allait tourner quelques mois plus tard, allait rester comme un râteau planté dans le haut de mon crâne jusqu'à la fin de mes jours.

La chaleur rendait le restaurant inconfortable. L'absence de climatisation forçait les clients à se réfugier à l'ombre dans l'arrière-salle ou, et c'était l'option choisie par le sous-officier Moktar, boire sans discontinuer. La radio passait pour la millième fois le tube débile de Jim-Jim Slater *Tu me demandes de ne plus t'aimer mais ne plus t'aimer c'est mourir. Je t'aime à en mourir, à en mourir, à en mourir.* Une nausée tiédasse me remontait dans la gorge. Avec tout ce qu'il avait bu, ce que racontait Moktar tenait de moins en moins la route. Il me proposait des fortunes pour que je descende la demi-centaine de soldats qui lui pourrissaient la vie, il disait que j'étais son frère, il me remerciait pour mille choses que je n'avais jamais faites. Il me parlait de la mort de sa mère, de son frère, de son père et de dizaines d'autres personnes, toutes battues, violées, assassinées dans des hangars ou égorgées comme des moutons dans les autocars grillagés, équipés par l'ennemi pour l'exécution des basses besognes. Comme je me sentais de plus en plus mal, et que les histoires du sous-officier me flanquaient de plus en plus le cafard, je m'étais résigné à sortir, le soleil me paraissant un moindre mal face à l'ambiance pourrissante du *Bateau qui se plante.*

3

À en juger à la tête des occupants qui en étaient sortis, abandonnant les portières grandes ouvertes, la voiture rouge à bandes blanches devait être là depuis une bonne heure, en plein soleil, garée devant la sortie du restaurant. Elle avait chauffé comme un four à micro-ondes, cuisant tout ce qui se trouvait à l'intérieur. Le petit Japonais de chez Sony Music regardait avec dégoût les restes de ce qui avait dû être un lecteur portable de Compact Disc et qui ne ressemblait plus qu'à un cadavre d'oiseau migrateur. À côté de lui, Juan Raul Jiminez essuyait du dos d'une de ses énormes mains le flot de transpiration coulant de la racine de ses cheveux. Appuyé contre le capot, Moïse Ben Aaron, un borgne dit « Ben torgnole », dit aussi « cure-dent de lapin », dit aussi « montre en main », dit encore « attrape-mouche », jouait avec la poussière déposée sur l'avant de ses chaussures de jogging.

C'est le petit Japonais qui me vit le premier. Il fit un geste à Juan Raul Jiminez qui vint se planter devant moi. Il me regarda un moment avant de me dire que je devais les suivre. Ses sourcils luisaient de sueur, il s'exprimait avec difficulté, comme un éléphant de mer qui aurait appris à parler la veille au soir. Tout le monde se fichait de lui à cause de sa façon de parler et ça le rendait dingue. Évidemment il avait des excuses. En matière d'enfance pourrie il aurait pu donner des leçons dans les camps pour Cambodgiens. Le petit Juan avait grandi au milieu d'un tas de pneus. Quand il n'était pas sage, son père garagiste lui faisait boire de l'huile de vidange, le battait avec des appuis-tête de Volkswagen ou l'enfermait dans les coffres d'épaves qui peuplaient son jardin. « Dans son cul, au gros ! » furent les premières paroles de Juan Raul Jiminez, à l'âge de dix-huit ans, prononcées devant le cadavre de son père gisant à terre, crâne défoncé d'un fantastique coup de cric. La violence et la force du jeune homme devinrent légendaires et la chance sembla lui sourire quand il fut engagé par le petit Japonais de Sony Music qui se sentait plus à l'aise à côté de quelqu'un avec des mains grandes comme des encyclopédies.

Je savais qu'il était inutile de tenter de m'enfuir. Tôt ou tard ils auraient réussi à me retrouver et le résultat aurait été le même. Essayant d'empêcher mes mains de trembler, je m'installai dans la voiture brûlante. Juan Raul Jiminez s'assit à ma droite, le petit Japonais à ma gauche, Moïse Ben Aaron se mit au volant et l'on démarra.

La voiture avançait lentement. Moïse Ben Aaron était prudent, il conduisait avec la méfiance d'un type qui ne voit que d'un seul œil. À côté de moi le petit Japonais de chez Sony Music avait l'air agité. Il tripotait son lecteur de CD portable fondu en répétant : « Sushi koto tanabe, Sushi koto tanabe, Sushi koto tanabe... » et en fronçant les sourcils. Il se tourna finalement vers moi et me lança un regard de samouraï tombé de cheval.

— Alors espèce de salopard, tu adores faire des conneries, on dirait.

Je n'ai pas répondu. Dans le rétroviseur, je voyais Moïse Ben Aaron qui souriait. Son œil valide fixait la route, l'autre un point indéterminé du ciel. Une tête de dégénéré. Les emmerdes des autres, il les aimait autant que des saucisses grillées. Dans la poche de ma veste, j'avais une lame Stanley. Un instant je me dis que je pourrais peut-être m'en servir, puis je croisai le regard de Juan Raul Jiminez, aussi noir qu'un puits de mine, et je compris que j'avais intérêt à ne pas trop faire de vagues pour le moment.

— C'est vrai que tu lui as cassé les dents de devant? me demanda Moïse Ben Aaron en souriant toujours.

— C'est ce qu'elle t'a raconté?

— C'est ce qu'elle a raconté à tout le monde. Elle a dit que tu étais devenu incontrôlable la dernière fois que vous vous êtes vus, que tu t'étais jeté sur elle et que tu lui avais cassé les dents.

Ce qui me déplaisait le plus chez Moïse c'est qu'il était vraiment bien renseigné sur tout. Il se bourrait d'amphétamines et d'anabolisants, CFO, AST, DVH, toute une soupe de stéroïdes, et ne dormait jamais car il faisait des cauchemars épouvantables. Il passait son temps à traîner de gauche à droite, à conduire la voiture du petit Japonais de chez Sony Music et à soigner les maladies de peau qui donnaient à son visage l'apparence d'un papier tue-mouches. À cause de sa sale tête, et de sa manie de traîner partout au lieu de dormir, personne ne l'aimait. On faisait courir les bruits les plus épouvantables à son sujet : Ben Aaron est coprophage, Ben Aaron est le fils d'une merde de chien et d'une roue d'autobus, Ben Aaron se fait appeler « montre en main » car il baise en deux secondes montre en main, Ben Aaron a perdu son œil en se perçant un bouton de fièvre... Quiconque l'avait rencontré aurait pu jurer qu'au moins une de ces affirmations était vraie. Mais ni le petit Japonais de chez Sony Music, pour qui il était une inépuisable source de renseignements, ni Juan Raul Jiminez, qui s'était attaché à Moïse comme à un animal favori, ne semblaient s'en formaliser.

— Maintenant il va falloir être très gentil, dit le Japonais.

— Gentil avec qui?

Le petit Japonais se pencha vers moi pour me dire : « Tu a baisé sa femme, crétin, tu as baisé la femme de Jim-Jim Slater et comme si ça ne suffisait pas tu lui as cassé sa petite gueule de Barbie. Alors tu vas arranger ça. Il a dit qu'il voulait te voir, alors on t'amène chez lui. S'il te dit de lui apporter un café tu lui apportes, s'il te dit de ramper tu rampes et s'il te dit de te couper le petit doigt tu le coupes. Tu fais ce qu'il te dit. C'est clair ? »

Émettant un étrange bruit d'essuie-glace, Juan Raul Jiminez s'était mis à ricaner, Moïse Ben Aaron lui avait appris à aimer les situations pourries.

4

Le quartier résidentiel était vraiment un joli quartier. Il se situait sur les hauteurs de la ville, collé comme une moule sur le flanc d'une colline boisée aux odeurs d'acacias, de gingembre et de tabac d'Amérique latine. La colline était orientée sud-sud-est, le soleil partageait poliment la zone avec une brise fraîche et réconfortante qui préférait les riches aux pauvres cloches de la vallée. C'étaient des maisons aux façades propres, des jardins parsemés de parasols colorés, de types aux dents neuves, de larges trottoirs où zigzaguaient des chiens miniatures, des voitures à la propreté médicale, des fleurs arrogantes, des garages, des baies vitrées grandes comme des piscines et des terrains de tennis entretenus par des Asiatiques aussi serviles que maniaques. Le tout vivait en harmonie paisible, troublée seulement par le rythme des arroseurs automatiques de pelouses et par le passage régulier d'unités de la milice privée dont les habitants s'offraient les services pour pouvoir dormir tranquilles. Çà et là, l'entrée sombre et bétonnée d'un abri antiaérien venait rompre la monotonie des pelouses fraîchement ratissées. La plupart d'entre eux avaient été construits vers la fin 1975, au moment où les bruits les plus alarmants d'attaques chimiques étaient répandus par des journaux télévisés tremblants d'excitation. Les habitants de la colline avaient senti la peur leur caresser l'intérieur des intestins, ils avaient imaginé leur peau soignée couverte de bactéries, leurs cheveux gisant à leurs pieds comme des milliers de ternes cadavres, leurs vieilles couilles aussi vides que des bulles d'eau de Javel et leurs fidèles ovaires plus secs que des raisins californiens. Mais il n'y avait finalement pas eu d'attaques chimiques, il n'y avait eu que ce fameux missile creux, abattu à mi-course par un pilote de chasse que ce bref moment de gloire avait propulsé en présentateur de jeux sur une télévision locale et qui appelait chez les gens pour leur faire gagner du fric et de l'électroménager. Cependant, l'événement avait suffi à garder vivace la psychose de l'attaque et les abris antiaériens étaient aussi bien entretenus que les terrains de tennis.

5

Jim-Jim Slater m'avait fait asseoir et m'avait mis un verre dans la main. Il s'était mis à faire des allers-retours, en silence, dans un salon aux murs recouverts d'affiches de ses concerts, puis il était allé se poster devant la baie vitrée donnant sur un jardin aux dimensions respectables. De mon côté je la fermais. Je me demandais ce que me voulait ce type et pourquoi il ne s'était pas contenté de m'envoyer une bande de camés me casser les genoux, ce qui aurait rendu la situation infiniment plus claire. Juan Raul Jiminez, Moïse Ben Aaron et le Japonais de chez Sony Music me faisaient face sur des fauteuils italiens. Jim-Jim se tourna vers moi. Il avait l'air vraiment malheureux, ses yeux étaient rouges et cernés. Il était moins beau que sur les pochettes de ses disques mais avait l'air plus humain.

— Alors c'est vous qu'elle voyait, me dit-il.

Il avait du mal à parler. Il avala sa salive, appuya ses index sur ses tempes et continua.

— Je ne peux pas vous en vouloir, sur le moment je vous en voulais, je voulais vous faire la peau, j'étais dans une rage folle. En plus, la voir comme ça, avec ses dents cassées, son nez qui saignait. J'étais bouleversé. Je me suis dit : « Le salaud qui lui a fait ça va devoir payer. » J'ai appelé mon agent, pour qu'il vous retrouve et qu'il vous amène ici. Pendant tout ce temps je n'ai pas dormi, je suis resté assis dans mon jardin à réfléchir et à me lamenter. Minitrip qui m'appelle toutes les heures pour casser du sucre sur votre dos. Pour me dire qu'elle regrette, qu'elle ne sait pas comment elle s'est embarquée dans cette histoire, qu'elle m'aime comme au premier jour, qu'elle veut qu'on parte tous les deux en voyage. Elle me fait promettre Venise, le Gritti Palace, les balades en gondoles. Tout le bordel. Et moi, avec le temps qui passe, assis tout seul sur ma chaise longue, je me dis que dans cette histoire tout le monde a tort. Moi de ne pas m'être occupé de Minitrip, elle de s'être laissé séduire, et vous de l'avoir séduite. Voilà ce que je me suis dit. Tous les compteurs sont à zéro. Alors je respire à fond et je me dis que tout ça est oublié. Mais bon, voilà que je me tourne, et que je me retourne sur ma chaise longue, que je sens comme quelque chose qui me gêne, au début je ne comprends pas quoi. Et puis je me dis que c'est cette histoire de compteur à zéro. Je me dis alors : « On a beau être philosophe, il y a toujours un petit quelque chose en vous qui vous révolte contre la sagesse, la sagesse ce n'est pas naturel, c'est un truc de moine. » Et puis je me dis encore : « La philosophie, c'est de la merde, la philosophie ça ne sert qu'à rester les fesses sur une chaise longue et à pourrir dessus. » Voilà ce qui s'est passé dans mon jardin. Le petit quelque chose qui me gênait n'a pas cessé de grandir pendant toute la matinée et pendant tout l'après-midi. Comme un tournesol. Voilà. Et résultat des courses, maintenant le petit quelque chose prend toute la place et je n'ai plus du tout envie de vous pardonner.

— Les artistes savent bien dire les choses, fit remarquer Moïse depuis son fauteuil.

Juan Raul regardait Jim-Jim comme s'il avait vu Dieu.

— Donc, pour résumer, je vous déteste tellement que je ne peux pas vous tuer. Ça me rendrait malade que vous vous en tiriez si facilement. Et vous tabasser pendant des heures dans mon garage ne m'avancerait pas à grand-chose. J'ai bien réfléchi à tout ça. Je me disais : « À quoi ça va bien pouvoir me servir de vous détester comme ça », et puis j'appelle mon agent, je lui explique tout ça et lui me dit : « C'est à ses pires ennemis qu'il faut demander les plus grands services, proverbe d'Okinawa. » Comme je ne comprends pas son proverbe il m'explique. Il me dit qu'il se fait du souci pour moi, que mes ventes de disques commencent à stagner, que la concurrence se fait de plus en plus dure. Il me dit : « Le marché qui t'échappe ce sont tous ces soldats qu'on envoie se battre. Il faudrait chanter autre chose que des chansons d'amour, il faudrait des chansons qui donnent envie de courir dans la boue et de tirer sur les types d'en face. » Moi je lui dis que je veux bien, je chante ce qu'on veut, je ne suis pas un garçon difficile, s'il faut chanter pour les soldats, je le ferai. Il me répond qu'il sait tout ça, que le problème ne vient pas de moi. Alors c'est quoi le problème, je ne comprends pas. « Le problème c'est qu'il y a déjà quelqu'un. Une fille, Caroline Lemonseed. Elle fait des tournées dans les casernes, les bases militaires, tout ça, elle chante du Turbo folk, les militaires en sont fous, ils écrivent à leurs familles pour se faire envoyer les disques. C'est au point que les radios qui ne la programment pas reçoivent des lettres de protestation. » Quand il m'a dit ça j'étais vraiment sur le cul. Des lettres de protestation. Personne n'a jamais fait ça pour moi. Je me suis senti humilié. Seul et complètement humilié. « Si elle pouvait se faire descendre au front », j'avais dit à mon agent.

Jim-Jim se tut et se tourna vers moi, il avait l'air d'attendre que je réagisse.

— Ce serait plutôt bien pour vous qu'elle disparaisse, j'ai dit.

— Très bien même, fit le petit Japonais.

— Ce serait tellement bien que ce serait dommage que personne ne lui donne un coup de main, dit Jim-Jim.

— Demande les plus grands services à ton pire ennemi, répéta sentencieusement le Japonais.

Au regard de Jim-Jim, dans lequel je vis d'étranges reflets métalliques, et aux regards amusés de Moïse, de Juan et du Japonais, je compris ce qu'ils attendaient de moi.

6

Je me rappelle parfaitement le jour où les événements s'étaient enchaînés comme des chapelets d'injures depuis le matin et m'avaient conduit à casser les dents de la fille que j'aimais. C'était un des premiers jours chauds de l'année. Les grandes chaleurs qui avaient rassemblé leur force au cœur d'anticyclones tropicaux fondaient sur nous comme des escadrilles kamikazes. Nous devions nous retrouver vers une heure de l'après-midi, dans une chambre à moitié propre au premier étage du *Bateau qui se plante*. Comme à chaque fois que nous avions rendez-vous, Minitrip était nerveuse, angoissée, agressive. Nous nous étions disputés au téléphone, elle disait qu'elle ne voulait pas quitter Jim-Jim Slater, qu'elle n'était pas encore sûre que notre histoire valait quelque chose, qu'elle ne me connaissait pas encore bien. J'avais d'abord été gentil, j'avais dit que je comprenais son point de vue, que c'était bien de vouloir réfléchir mais que ce n'était pas une raison pour remettre notre rendez-vous. Je me souviens qu'elle hésitait, j'entendais sa respiration qui s'accélérait comme une petite locomotive à vapeur. Puis elle ne voulut plus que je vienne, j'ai eu beau essayer de la rassurer avec un bon millier d'arguments elle ne voulait plus rien entendre, j'avais l'impression qu'un imbécile me cognait le front avec une plaque de tôle ondulée. Je me suis énervé. Je l'ai traitée de salope ou d'allumeuse. Elle m'a répondu par un paquet de cochonneries du même ordre. À chaque fois je disais : « Quoi? Quoi? Quoi? » Elle me balançait des saletés par pelletées. Je lui répondais du tac ou tac. Même après qu'elle eut raccroché, j'ai continué d'insulter la tonalité, j'étais dingue. Je suis sorti de chez moi. Le soleil brûlait comme un feu ouvert. Je suis allé en parlant tout seul jusqu'au *Bateau qui se plante*. Quand Dao Min m'a vu arriver, il a compris que quelque chose ne tournait pas rond et il m'a dit qu'il savait ce dont j'avais besoin. Avec des airs de médecin psychiatre, il a sorti de derrière son comptoir une saleté d'alcool coréen de couleur rose pâle dont il nous a rempli deux verres. Il croyait que c'était à base de laurier ou de gingembre, mais d'après le goût, j'aurais plutôt dit de lapin crevé. En tout cas l'effet promis par Dao Min ne se fit pas attendre. Je me suis senti dans une forme incroyable, j'étais prêt à faire n'importe quoi, j'aurais pu lancer des poids ou des javelots, faire un trois mille mètres steeple. Ce qui était bizarre, c'est que je me cognais partout, les murs et les tables lançaient contre moi d'imprévisibles assauts. Dao Min me racontait des histoires en coréen. Se souvenait de la bataille des Mille Maïs, frappait le comptoir de son petit poing desséché, dessinait dans les airs des signes de malédictions avant de s'effondrer en larmes.

Je ne sais plus ce que j'étais en train de faire quand Minitrip est entrée, étais-je sur ou sous une table, enlaçant Dao Min ou parlant tout seul. Toujours est-il que, lorsque je l'ai vue, plantée devant moi, me regardant comme si j'étais un cousin disparu revenu à la vie, j'ai espéré qu'elle n'était qu'une hallucination.

— Les gens qui se droguent m'ont toujours dégoûtée, avait-elle dit.

Tout ce que j'ai réussi à articuler était un mélange de plusieurs mots comme : « mais », « non », « attends », « malentendu », « expliquer », qui imitait un bruit de robinet qu'on ouvre après des semaines d'absence. Sur son visage des expressions de tristesse et de mépris composaient un drôle de mélange.

— Espèce de pauvre type. J'aurais dû me douter qu'il y avait un fond de vérité dans ce qu'on raconte sur toi...

Je me suis relevé, je titubais un peu, autour de nous régnait un furieux désordre de chaises et de bouteilles renversées, de serviettes éparpillées. Dao Min s'était assis et nous regardait tous les deux comme s'il était au cinéma, spectateur d'une comédie romantique. Minitrip continuait de me traiter de pauvre connard, de sale raté, de mauvais baiseur et j'en passe. Alors j'ai fait trois pas vers elle. Je l'ai empêchée de reculer en empoignant le devant de son chemisier. Il était fait d'une matière douce et fine. Minitrip lançait en tous sens des poings aussi légers que des flocons de neige. Je l'ai frappée en pleine figure. Son nez saignait, elle était toute pâle. J'ai frappé encore une fois. Ses dents se sont brisées, elle avait du sang plein la figure. Elle ressemblait à une petite voiture écrasée par un autobus.

7

L'endroit où je me trouve aujourd'hui n'a rien de réjouissant et je préfère ne pas en parler de peur de commencer à m'apitoyer sur mon sort, ce qui est toujours très énervant pour tout le monde. Quand je me remémore la suite des événements m'ayant conduit jusqu'ici, je ne peux m'empêcher d'essayer de comprendre à quel moment tout a basculé. Peut-être lorsque j'ai accepté sous la contrainte la proposition de Jim-Jim Slater, peut-être lorsque j'ai cassé les dents de Minitrip ou peut-être après, lorsque Moktar et madame Scapone organisèrent l'élimination de la petite Caroline Lemonseed. Prendre Moktar comme associé n'avait certainement pas été une idée géniale, sous ses airs de dur à cuir, l'officier slovène cachait un cœur aussi liquide que du yaourt. Et, au regard de ce qui a fini par se passer, laisser Dao Min mettre son grain de sel n'avait pas été non plus une bonne inspiration.

Chaque matin, une dame à l'âge indéfinissable ouvre de longues tentures et me donne un petit déjeuner fait de protéines, de sucres et d'eau salée auquel je ne me suis toujours pas habitué. Avec force elle me retourne sur le côté gauche ou droit puis entrouvre la fenêtre devant laquelle elle reste postée le regard perdu sur un paysage que je ne vois pas de mon lit, grillant lentement une cigarette dont je récupère tant bien que mal les effluves goudronnés. Le seul loisir qu'il me reste est de jouer avec mes souvenirs. De les passer comme on se passe des films vidéo. À longueur de journée je joue avec accélérations et arrêts sur image. J'ai mes scènes favorites, parmi lesquelles la scène de la main de Minitrip tient sans aucun doute le haut du pavé, gagnante de toutes les palmes : meilleur son, meilleure image, meilleur réalisateur, meilleur scénario original.

C'était avant que je ne tue « Petit Pois » Roberts et donc avant que mes problèmes d'argent ne soient résolus. Tout ce que j'avais, je m'en servais pour payer le loyer de mon appartement, je serais mort de faim plutôt que me retrouver à la rue. De temps en temps madame Scapone, la vieille dame du premier étage, me donnait un œuf ou un peu de pain mais ce n'était pas suffisant. Je volais des ailes de poulet dans un grand magasin, c'était tout petit et je pouvais les planquer dans mes chaussettes. Pendant des mois je n'avais mangé ni fruits ni légumes, juste des ailes de poulet. Puis j'étais tombé sur les *Révoltés du Bounty* à la télévision et je m'étais fourré dans la tête que j'allais attraper le scorbut. Sans arrêt je vérifiais si mes dents tenaient bien à mes gencives, je m'étais mis à voler des soupes en sachets et des macédoines de fruits en boîtes. J'avais eu telle ment peur de la maladie que j'en mangeais des tonnes : soupes, macédoines, soupes, macédoines, je n'arrêtais plus. Je retournais dans ce foutu magasin trois ou quatre fois par jour. Tout ce que j'achetais, c'était des allumettes à la pièce. Mais au lieu de me faire passer inaperçu, ça avait fini par attirer l'attention. Le responsable m'avait fait suivre dans les rayons par un petit salopard d'espion déguisé en père de famille. À la sortie deux types m'attendaient, les caissières me regardaient comme si j'étais Gilles de Rais. Ils ont sorti de mes poches deux soupes et deux boîtes de macédoine et ils m'ont dit que si je refichais les pieds dans le magasin, les deux types s'arrangeraient pour me casser les rotules dans la réserve. J'avais été me lamenter au *Bateau qui se plante*. Minitrip, avec qui il ne s'était encore rien passé, me passa la main dans les cheveux. Gentiment, simplement, pour me réconforter en plus de ma bière. Un léopard grimpa à toute vitesse le long de ma colonne vertébrale, laissant à chaque étage l'empreinte brûlante de ses pattes. Le plus beau moment de ma vie.

Je ne connais pas le nom de la dame qui s'occupe de moi. Le médecin chef ou la petite étudiante en médecine qui lui donne de temps en temps un coup de main l'appelle « Madame ». « Tout va bien Madame ? », « Bonjour Madame, quel temps épouvantable n'est-ce pas », etc. Moi, à cause de sa petite cigarette du matin, je l'appelle « Nicotine ». J'ai envie de lui demander « Alors Nicotine, qu'est-ce que tu fais là ? Il y a un homme dans ta vie ? Tu as des enfants ? Tu t'envoies encore en l'air à ton âge ? Tu as de drôles d'idées qui te galopent dans la tête ? Tu aimes les hommes gentils ou les grosses brutes ? Le matin ou le soir ? Dans le lit ou sur le divan en regardant la télé ? »

À une certaine époque, les cheveux de Nicotine avaient dû être très sombres mais aujourd'hui, avec l'âge, le travail et tous les soucis, il ne lui reste qu'une toison grise, rappelant par ses reflets la couleur d'un ciel d'hiver. Elle a des bras robustes, des seins volumineux contre lesquels mon visage vient s'écraser quand elle me retourne. Un... deux... trois, mon nez dans ses seins, odeur de savon et de linge propre... et me voilà retourné. Côté mur ou côté fenêtre. Des rides verticales des deux côtés de sa bouche lui donnent un air triste, ajoutez à cela son regard brumeux du matin et la couleur de mastic clair de sa peau et vous aurez compris que Nicotine à l'air de tout sauf d'une farceuse. C'est une professionnelle et je suis l'objet de sa profession. Elle ne m'aime pas, elle ne me déteste pas, elle me gère, me contrôle, me soupèse, m'examine en disant : « Voyons, voyons, oui, bien, comme ça, et voilà, voyons... » Puis, elle retourne face à la fenêtre et regarde le temps épouvantable du dehors en grillant sa petite cigarette.

8

L'appartement que je louais avant les événements de mars 1978 se trouvait au second étage d'une maison plantée au bord d'un des grands axes de la ville. Régulièrement, des colonnes de camions militaires passaient sous mes fenêtres, faisant trembler mes quelques meubles de tous leurs membres, remplissant pour toute la journée l'atmosphère d'une odeur de diesel. Chaque fois que cela arrivait, madame Scapone, la vieille dame qui habitait au premier étage, insultait les soldats à pleins poumons : « Assassins, assassins. » Elle leur criait : « Vous torturez des enfants, vous violez des femmes, vous serez tous jugés et pendus, assassins... » Après quoi, tout essoufflée, elle venait frapper à ma porte et insistait pour que je vérifie s'il n'y avait pas de dégâts à cause des vibrations. Elle disait qu'à la moindre fissure on pouvait leur coller un procès, que chez elle pas une assiette de son service en porcelaine de Limoges n'était intacte, qu'une sous-tasse s'était cassée quand les troupes mobilisées pour les combats d'avril étaient passées devant chez elle, que son petit oiseau était mort de crise cardiaque quand un tank avait fait demi-tour, que son chat avait attrapé un cancer à cause de leur système radio, etc., etc. Plus je l'écoutais et plus j'étais triste. Même si elle m'énervait, je me forçais à être gentil et à l'écouter. Ça me permettait en retour de pouvoir lui demander un tas de trucs : sel, œuf, sucre, repasser une chemise. Elle adorait rendre service, elle disait qu'à une époque comme la nôtre les petites gens devaient pouvoir s'entraider, que s'il n'y avait même plus l'entraide alors il ne nous restait plus qu'à retourner à l'état sauvage. *Homo homini lupus*, disait-elle. Oui, oui. J'étais d'accord. Merci pour ma chemise, merci pour l'omelette et la tasse de café.

Quand Juan Raul, Moïse et le Japonais de chez Sony Music m'avaient raccompagné après mon entrevue, j'étais complètement déprimé. Jim-Jim était au courant pour ce que j'avais fait à « Petit Pois » Roberts. Il m'avait dit : « Ce ne sera pas un coup d'essai avec Caroline. Tu es presque un professionnel maintenant. » Je lui aurais bien répondu que ce n'était pas vrai, que le meurtre n'était pas mon genre, que j'en avais commis qu'un, une fois, presque par accident, parce que j'avais faim, pour rendre service, que j'en étais encore malade aujourd'hui. Mais j'avais rien dit. Sauf : « Oui, oui, bon d'accord, tu as gagné, tu as raison, j'ai une dette envers toi... », ce genre de paroles qu'on prononce quand on panique, j'avais peur qu'il change d'avis, qu'il demande à Juan Raul de m'arracher les yeux ou Dieu sait quoi. Mais en rentrant chez moi j'étais terrorisé, tellement terrorisé que je crevais de froid. La petite vieille m'avait attrapé devant sa porte : « Eh bien, vous êtes malade, vous avez attrapé quelque chose, j'espère que c'est pas la même chose que mon chat. Parce que, vous savez, avec leur système radio. » Et elle m'avait ressorti son histoire de cancer. Elle m'avait proposé quelque chose qui me ferait du bien. J'avais accepté, dans son appartement il y avait une odeur d'anis et d'eau de Javel. Elle me fit asseoir sur un divan recouvert de petits coussins avec des chats brodés. Tous les vieux ont les mêmes appartements, super propres, super bien rangés, la saleté c'est la mort, le désordre aussi. « Ne faites pas attention, j'aurais dû ranger un peu », elle cria de sa petite voix depuis la cuisine. Au mur il y avait des tableaux de paysages de campagne, une série d'assiettes espagnoles décorées de toreros, des photos de son mari. Elle nous servit un café incroyablement fort, sans sucre, sans lait, qui me fit l'effet d'un coup de marteau sur le bas du cerveau. « Il est viril, hein, c'est du café italien. » Puis elle s'assit face à moi : « Vous me faites penser à Salvatore, dit-elle en me montrant la photo du type moustachu. Chaque fois qu'il rentrait de son travail, il était comme vous maintenant, il était tout tremblant, ses mains étaient glacées, la seule chose qui lui faisait du bien c'était ça, ce café avec une goutte d'alcool de sapin. Je lui demandais : "Mais qu'est-ce que tu fous à ton boulot? La manutention de matériel militaire ça ne doit quand même pas mettre les gens dans cet état." Puis un jour, peu de temps avant sa mort, il m'avait dit : "Je ne fais pas de la manutention, je fais des tests d'impacts." Moi je lui demandais : "Des tests d'impacts, c'est quoi des tests d'impacts?" Il me répondait jamais, secret militaire. Et il se fichait de moi. Ha, ha, ha, qu'est-ce-que je pouvais bien y comprendre, moi, aux technologies militaires. J'avais pas à lui poser de questions sur son boulot. Ça, il se fichait bien de moi. Jusqu'au jour où je l'ai retrouvé pendu avec ses lacets au chambranle de la porte. Pour que ça tienne, il avait fait une série de nœuds qui avait dû lui prendre au moins une heure. C'était un manuel, il faisait des merveilles avec ses doigts. Toujours est-il qu'un beau matin plus de Salvatore. J'ai été voir ses collègues. Une belle bande de ploucs de manutentionnaires et de soldats à la petite semaine. Personne ne voulait rien me dire, ils avaient eu l'air étonné quand je leur avais parlé des tests d'impacts. Ça a duré des jours. Je faisais le pied de grue à l'entrée de l'état-major. Puis un jour un jeune type à sonné ici, l'air embêté. Il m'a dit : "Madame Scapone c'est au sujet de votre mari." Je l'ai fait entrer. Avant même de s'asseoir il s'est mis à tout me raconter : "Votre mari, c'est une erreur, pas une grosse erreur, une petite, mais l'armée déteste les erreurs, même les plus minuscules. C'est pour ça que l'armée niera toujours. C'est comme ça. C'est pour ça que vous n'auriez jamais rien su si je n'étais pas venu vous raconter. Moi je vous raconte tout ça à cause de ma conscience et de ma bonne éducation. Bon, quand votre mari est entré dans l'armée, il y a bien vingt ans, c'était pour faire de la manutention. Nettoyer l'intérieur des tanks. C'est fou comme un tank peut se salir avec quatre ou cinq types coincés des fois pendant des deux ou trois jours, à transpirer, à manger des casse-croûte, ou à faire Dieu sait quoi encore. Il a fait ce boulot-là pendant un moment puis le département

Recherche et Développement a eu besoin de quelqu'un. Quelquefois les types du département Recherche et Développement ont des motivations que personne ne comprend. Bref, un de ces types avait réussi à convaincre l'un ou l'autre officier de l'utilité des tests d'impacts. Votre mari recevait des chats. Chaque matin, une caisse entière de chats, il les attachait à une petite table, il leur ouvrait le crâne sans les tuer et il laissait tomber des petites billes en acier de différentes hauteurs sur la cervelle mise à nu. Le type du département Recherche et Développement venait ensuite noter des chiffres pour les statistiques. Voilà. Puis un jour ce type s'est fait virer ou a changé de service. Ça j'en sais rien. Mais les papiers pour les commandes de chats, pour le salaire de votre mari, tout ça, personne n'a pensé à les mettre à la poubelle. L'Administration, ça a autant d'inertie qu'une météorite et ça réfléchit à peine plus. Et puisque personne ne lui a rien dit, que tout le monde se fichait comme de sa première gâchette de savoir ce que pouvait bien faire un manutentionnaire affecté au service Recherche et Développement, et puisque la tradition veut que personne ne pose de question à personne concernant les affectations respectives, votre mari, madame Scapone, a continué à faire son boulot, à faire tomber des billes d'acier sur les cervelles des chats, avec pour seule différence que personne ne venait plus faire de statistiques." »

Dans les yeux de la petite vieille brillait une triste lumière hivernale. « Il ne m'en a jamais parlé. Tous ces milliers de chats, torturés, assommés lui ont rongé la conscience, petit bout par petit bout, jusqu'au moment où ils ont mis quelque chose à vif, Dieu sait quelle araignée sortie de dessous Dieu sait quel meuble, et il a préféré se pendre à son coin de porte, avec ses nœuds et ses bouts de lacets que de vivre avec son araignée. Voilà ce que je dois à l'armée. »

9

Cela doit faire environ deux mois que je suis dans ce lit. J'ai effectué des recoupements avec ce que les médecins et les infirmiers se disaient autour de moi et je crois que, entre le moment où je courais avec Caroline et maintenant il doit s'être écoulé environ deux mois. En ce qui concerne les quelques moments qui précédèrent le cataclysme, ma mémoire n'a retenu qu'assez peu de chose : la pluie battante, la nuit glaciale, le bruit des explosions, la boue dans laquelle nous nous enfoncions jusqu'aux genoux et, devant moi, courant à en perdre haleine au milieu des débris et des corps, la petite Caroline Lemonseed. Sa robe de scène pailletée rouge et bleu toute trempée, déchirée, lui collant au corps. Une profonde blessure à l'épaule gauche. Je me rappelle qu'elle s'est retournée une seconde vers moi, que sa bouche s'est ouverte pour me dire quelque chose, me dire quoi, ça j'en sais rien, car une minute plus tard, pfuit! J'étais ici, sur ce lit, à ne pas pouvoir bouger une paupière et à ne pouvoir faire que des mmmm... mmmm... mmmm. Une chose dont je suis sûr, c'est que j'ai repris conscience il y a vingt-deux jours. Un moment vraiment affreux, j'ai cru que j'étais mort et que la mort c'était **ça**, de l'obscurité et un bruit de fond qui faisait bzzzzzzzzzzz. Je ne sentais plus mon corps et je m'étais dit que je n'en avais plus, que je n'étais plus qu'un pur esprit flottant dans les ténèbres pour l'éternité. Cette impression-là a duré un bon moment, impossible d'être plus précis, mais elle a duré assez longtemps pour que je pense que toutes les idées que j'avais pu avoir de Dieu, du paradis ou de l'enfer étaient de vastes conneries, qu'après la vie il n'y avait rien de tout ça, pas de jugement, pas de bonheur éternel, il n'y avait tout simplement rien du tout. Que du noir et un bruit de fond qui faisait bzzzzzzzzzzz. Puis, après m'être dit ça, je me suis rendu compte qu'il flottait autour de moi une vague odeur de merde et d'urine, ce qui me troubla car je ne comprenais pas comment de la merde et de l'urine pouvaient se balader dans le néant.

Je me suis concentré et je me suis mis à appeler au secours. Bien sûr des « au secours » il n'y en eut pas un seul, que des

« mmmmmmmm », « mmmmmmm... ». Puisque mes « mmmmmmmm », « mmmmmm... » étaient les seules choses que j'arrivais à produire, j'ai continué un moment et de plus en plus fort en me demandant quelles sortes de résultats cela finirait par produire.

Quand à côté de moi une voix fit : « PUTAIN DE BORDEL TU VAS FERMER TA GUEULE OUI OU NON!!! » et que l'on alluma la lumière, je dus me rendre à l'évidence que je n'étais ni pur esprit (car on ne parle pas comme ça à un esprit), ni mort, ni rien de tout ça mais dans une chambre d'hôpital à deux lits, branché sur une machine dont les tubes me rentraient un peu partout en faisant bzzzzzzz. Juste au-dessus de moi un gros type au visage blême, le crâne enveloppé dans un linge, me regardait avec colère : « Ils m'ont donné une demi-pilule blanche et j'ai pas dormi, puis une pilule blanche entière qui m'a rendu malade, ça a failli m'arrêter le pouls. Pas compatible avec les antalgiques. Alors j'ai dit : "Laissez tomber les anti-douleurs, donnez-moi juste les pilules." Ils me disent : "Avec votre fracture, vos éclats d'obus dans le front, vous risquez de passer une mauvaise nuit." Je m'en fous de passer une mauvaise nuit, du moment que je dors. Le médecin a fait ce que je lui demandais, sans les antalgiques, j'avais l'impression qu'on m'avait mis des braises derrière les yeux, mais avec une double pilule blanche j'ai fini quand même par m'endormir, je rêve que je me promène avec un obus à la place de la tête et que chaque fois que je me cogne il explose. C'est pas drôle, mais bon, du moment qu'on rêve. Et toi qui ne dis rien depuis des semaines, tu te mets à hurler. »

Là-dessus, le gros type se mit à appuyer sur un interrupteur, un moment après rentre une jeune fille, genre étudiante en médecine qui fait des nuits, mignonne mais l'air crevé, pas contente qu'on la dérange en plein pendant sa révision du cour d'anatomie. « Le légume s'est réveillé et il ameute tout le monde. » L'étudiante me regarde. Je me remets à faire des « mmmmmmmmm », « mmmmmmmmmm ». « Bon, très bien, il n'y a que moi ici, pas de médecin, il n'y a plus de chambres disponibles, il faut attendre demain matin pour faire quelque chose », dit la jeune fille en s'en allant. Le gros type râla un moment sur la misère des hôpitaux militaires puis il s'approcha de moi et me fourra une pilule blanche dans la bouche. « Excuse-moi mais il faut vraiment que je dorme. »

10

La journée qui suivit mon entrevue avec Jim-Jim Slater fut décisive. Elle marqua en effet une des étapes majeures du processus d'annihilation de ma personne par une explosion d'obus en mars 1978. Je crois pouvoir affirmer que la rencontre entre madame Scapone et Moktar fut une erreur du destin. Peut-être le destin avait-il autre chose à faire ce jour-là et laissa-t-il se produire les événements les plus improbables. Rien n'aurait amené madame Scapone et Moktar à se rencontrer, rien n'aurait dû les amener à sympathiser et surtout rien n'aurait dû les faire insister pour trouver ensemble des solutions à mes problèmes. Et puis enfin, rien, absolument rien n'aurait dû me laisser les écouter. Mais peut-être ce jour-là étais-je d'humeur à ce que l'on me mette une grenade entre les dents.

Je me rappelle m'être réveillé dans un sale

état, regrettant amèrement le sens que prenait ma vie. Je me disais qu'à chaque époque il y a des endroits où il fait bon naître et des endroits qu'on ferait mieux d'éviter. Je m'étais levé, j'étais resté planté un bon quart d'heure devant le frigo, regardant avec envie le petit congélateur où j'aurais bien passé le restant de mes jours. Puis, une bière fraîche à la main, j'étais allé m'asseoir sur mon lit pour conclure que l'endroit où je me trouvais était à éviter. C'était la fin de la matinée, mon appartement baignait dans une belle lumière orangée, sur le trottoir un type faisait rire une fille, une odeur de charbon de bois montait de la rue. Avec la jolie lumière et l'effet de la bière je commençais à me sentir mieux, je sortis du papier pour écrire à mes parents mais après « chère maman, cher papa », je ne sus plus quoi ajouter. Je déchirai la feuille en morceaux très petits que j'éparpillai sur mon lit et décidai d'aller me réfugier au *Bateau qui se plante* dans l'espoir d'y trouver un peu de réconfort. En sortant de chez moi, j'avais croisé madame Scapone qui balayait le hall d'entrée. « Ah, bonjour, vous avez meilleure mine qu'hier, parce que hier on vous aurait donné l'aumône, vous étiez dans un état, comme si vous aviez vu le diable... » Je sentais que depuis qu'elle m'avait parlé de son mari je n'étais plus le même à ses yeux. Sans doute me voyait-elle maintenant comme une sorte de parent retrouvé par hasard auquel on s'attache très vite et très fort pour rattraper le temps perdu. Je ne sais pas pourquoi, mais avant que je n'ai pu y réfléchir, je lui proposai de m'accompagner au *Bateau*. Elle rosit, me dit qu'après tout le hall d'entrée pouvait bien attendre, et elle courut se changer pour revenir avec une robe noire, un manteau noir et un petit chapeau noir : « Le deuil, je ne peux pas sortir n'importe comment. »

Voilà comment je m'étais retrouvé assis à une table en Bakélite orange du *Bateau qui se plante*, Moktar qui racontait son histoire et elle, hochant la tête avec compassion. Le Slovène parlait d'une voix grave et sur un ton égal. « Nous étions un bon millier, tous slovènes, la plupart d'entre nous avions combattu très jeunes dans le Monténégro et en Asie centrale. On venait nous chercher dans nos villages, on nous embarquait dans des avions-cargos et on nous lâchait dans des pays que nous ne connaissions pas, à peine armés. Les officiers avaient des fusils ou des mitrailleuses, mais pour nous souvent on oubliait de prévoir le nécessaire. On allait chez les paysans du coin, leur piquer leurs fourches, leurs râteaux, n'importe quoi. On avait tellement la frousse qu'on devait boire comme des chameaux, jusqu'au moment où l'idée de se faire trouer la peau disparaissait sous les litres d'alcool. D'abord on s'est battus contre les Basmatchis, puis les ordres ont changé et on s'est battus avec eux. Nous étions forts comme des lions. Vous connaissez l'histoire, ce salaud de colonel Buskhov, le loup du Caucase, qui recevait en douce l'appui des Turcs. Il était arrogant comme on peut l'être quand tout un pays vous cire les bottes. Nous, tout ivres et sous-équipés que nous étions, eh bien, on l'a coincé dans les gorges du Syr-Daria, de simples paysans s'attaquant à la fourche et au pilon à des mitrailleuses lourdes. Une chose est sûre, un homme a besoin de grands défis. Un homme qui n'a pas de défis à relever n'a pas plus de valeur qu'un kilo de sable dans le désert. Un homme qui se résigne à sa condition a le sang qui se transforme en lait de chèvre, un homme qui se plie aux ordres injustes, c'est comme une récolte brûlée par le soleil. On était des héros. Mais après ça on nous démobilise, et pour rentrer chez nous rien de prévu. Il y en a que ça a tellement découragé qu'ils sont restés là-bas. Les autres, avec pas un sous en poche, ils ont fait le retour moitié en train, moitié à pied. Des milliers de kilomètres. À la fin nous n'étions plus que vingt-cinq. Et voilà qu'on se trompe de train, sans le savoir on file vers Svarvik. Le matin on se réveille, on descend de notre wagon et on se retrouve au beau milieu d'une bande de Turcs, eux aussi occupés à démobiliser. Nous avec nos vieilles tenues basmatchis, nos pantalons bouffants et tout ça on ne pouvait pas passer inaperçus. Il y a un Turc qui crie "Mais regarde ce qui nous arrive!" et une centaine d'entre eux nous saute dessus et nous entraîne dans les toilettes. Un autre Turc qui dit "Vous allez voir, pour ce que vous avez fait à Buskhov..." On nous déshabille. Je vous raconte pas ce qu'ils nous ont fait. À moi ils m'ont cassé les orteils. Deux qui me tenaient un qui cassait. Puis ils nous ont mis la tête dans la cuvette des toilettes pour nous noyer. Ils chantaient "Glou, glou, glou, à la santé du colonel Buskhov." Puis ils sont partis, tous mes amis étaient morts, la tête dans les chiottes. Sauf moi. Un coup de chance que la chasse d'eau était cassée. Alors je me suis fait petit comme un rat, et j'ai vécu comme ça pendant bien un an. Volant à gauche à droite, dormant dans les égouts, prenant des trains et des bateaux. Et puis j'arrive ici. Un miracle. Un vrai. Je me lance dans les affaires, je me fais des relations. Et ça marche tellement bien que je peux même faire venir ma sœur. Un vrai miracle. »

Madame Scapone avait écouté toute l'histoire avec intérêt puis elle raconta l'histoire de son mari et des tests d'impacts. « Mon Dieu », fit Moktar. Hochant la tête, elle répondit qu'ils se ressemblaient tous les deux, la guerre les avait brisés comme des biscottes, déchirés comme de la soie et les avait laissés comme des lapins écrasés sur le bord d'une autoroute. « Oui, dit Moktar. Comme des biscottes, comme de la soie, comme des lapins au bord d'une autoroute, c'est exactement ça. »

11

Le mélange de toutes les substances chimiques que m'injectent les médecins sert plus à exciter mes souvenirs qu'à réveiller mon corps dont les mécanismes de contrôle semblent définitivement hors service. Dans toute cette soupe médicamenteuse faite de liquides sucrés, d'injections intraveineuses et de baxters à écoulement lent, mon cerveau puise une énergie que je ne lui connaissais pas jusqu'à aujourd'hui si bien que, au fil de ces jours d'immobilité forcée, le souvenir de la course folle de cette nuit de mars 1978 se fait de plus en plus précis. Les premières fois, je ne voyais que la silhouette de Caroline, courant devant moi dans la boue et les débris. Comme détails, je ne voyais que cette blessure sur son épaule gauche, grande strie rouge sur sa peau trempée, et son visage qui se retournait vers moi pour crier quelque chose. Peu à peu de nouveaux éléments vinrent s'ajouter. En premier lieu le froid dont je sens la douloureuse morsure sur mon visage et mes oreilles et qui, malgré un épais parka militaire, me fait grelotter de la tête aux pieds. Derrière moi une petite construction en bois tient encore miraculeusement debout, au milieu des explosions et des balles. Plus loin encore, dans la lueur d'une fusée éclairante venue d'on ne sait où, je distingue les contreforts des tranchées de premières lignes. Devant moi Caroline grimpant maladroitement sur une colline de boue, sa robe à paillettes rouges et bleues jurant avec tout ce qui nous entoure. Mon souvenir s'arrête là, sans qu'il me soit possible de comprendre ce que me crie la jeune fille.

Depuis mon lit je regarde le plafond blanc de l'hôpital et je ne cesse de me demander si oui ou non, lors de cette nuit de mars 1978, j'avais l'intention de tuer Caroline. Ce souvenir, artificiellement remué par la chimie, a une bien étrange structure, précis dans la description des choses et des gens mais ne rendant pas compte de mon propre état d'esprit.

Quand je me force à ne plus penser à Caroline c'est le souvenir de Pierre « Petit Pois » Roberts qui prend sa place et qui, chaque fois, me laisse dans le crâne les traces noires et nauséabondes d'une blessure mal cicatrisée. À l'origine de son assassinat il y avait eu l'idée obsessionnelle de Moktar de faire venir sa famille de Slovénie pour habiter avec lui. Après de longues recherches, il avait fini par retrouver sa sœur qui s'était réfugiée sous un faux nom dans un petit village macédonien où elle vivait grâce à la générosité d'un curé qui la dessinait, habillée en sainte Thérèse, en sainte Marie ou même en saint Jérôme, dans des décors naturels de la campagne environnante. À grands frais Moktar avait organisé son voyage, payant rubis sur l'ongle faux papiers et passeurs véreux. Je me rappelle l'avoir accompagné à la gare et l'avoir vu embrasser une grosse fille triste, au regard perdu de vache d'importation, qu'il me présenta comme le rubis de Lubljana.

Suzy s'adapta vite et bien. Trop vite et trop bien. La vache d'importation devint la reine de la prairie. Dans le petit logement que lui payait son frère elle recevait toute une cour de nouveaux amis rencontrés on ne savait où, une bande de filles un peu sottes perpétuellement escortées par des adolescents échaudés à qui elle offrait des dîners somptueux, faisait des cadeaux et chantait des airs slovènes en battant des mains. Moktar se tuait à la tâche, il manquait sans arrêt d'argent. Lui et moi trafiquions à qui mieux mieux, il avait souvent besoin d'un coup de main que ma situation financière m'encourageait à lui donner. J'avais l'impression que sa sœur prenait une sorte de revanche sur la vie pourrie qu'elle avait eue jusque-là, mais Moktar trouvait ça normal, il disait que je ne pouvais pas comprendre tout ce qu'elle avait vécu là-bas, que pour lui, voir sa sœur heureuse était la seule chose importante, que l'argent ne comptait pas quand il s'agissait de la famille, etc. Alors je n'avais plus rien dit, j'avais gardé mes conseils pour moi en espérant qu'un miracle viendrait lui ouvrir les yeux.

Et le miracle arriva sous les traits de Pierre « Petit Pois » Roberts, un marchand de téléviseurs toujours au bord de la faillite tant il préférait regarder ses télés que gérer ses affaires. Il regardait tellement la télé qu'il avait attrapé des yeux minuscules, deux petits pois complètement brûlés par le rayonnement des tubes cathodiques. Ce type était l'ami d'un des adolescents qui traînait dans l'entourage de la sœur de Moktar et un soir, Dieu sait pourquoi, il laissa tomber ses télévisions pour venir à une de ces petites fêtes qu'elle organisait sans arrêt. Pour ce type, sortir de son trou rempli de télécommandes pour tomber nez à nez avec Suzy, joyeux bovin slovène, ça avait dû être une sorte d'expérience initiatique. La vision de toute cette jeune chair remuante et chantante avait allumé un grand feu de joie dans le cœur de celui qui, jusque-là, n'avait jamais aimé que la froideur des écrans. Toutes les hormones qui sommeillaient depuis si longtemps dans les profondeurs de son organisme furent réveillées en sursaut, tous les arcs réflexes que l'on aurait pu croire disparus furent brutalement rétablis et enfin, entraînées par ces hormones et par ces arcs réflexes toutes sortes d'idées humides se mirent à dégouliner de l'imagination de Pierre « Petit Pois » Roberts. Plus encore qu'avant, il délaissa son commerce et il se mit à écrire des lettres enflammées à Suzy qu'il appelait « mon soleil », « ma vie », « ma très tendre » ou simplement « mon amour ». Celle-ci, malgré une réserve typiquement slave qui l'empêchait de répondre, ne fut pas moins troublée par cet amour pressant, cette passion brûlante qu'elle suscitait chez cet homme. Et Suzy fut d'autant plus troublée que, depuis que son frère l'avait forcée à quitter le curé macédonien, son cœur et son lit étaient restés désespérément vides. Si vide que parfois elle se demandait si elle était normale, si elle n'allait pas finir sa vie vieille et sèche comme une figue, sans mari ni enfants, à recommencer à l'infini le même tricot ou à radoter dans des églises orthodoxes.

« Petit Pois » Roberts demanda des conseils

à ses copains. On lui dit d'y aller, on lui dit qu'il fallait foncer, que sous ses petits airs snobs Suzy ne pensait qu'à se faire sauter, que ce genre de fille quand elles disaient non c'était comme si elles disaient oui, que c'était sûrement un bon coup, qu'il devrait tout leur raconter et le promettre sur la tête de son abonnement au câble. « Petit Pois » fut terrorisé mais convaincu et il promit de tout raconter.

De son côté Suzy passait de longues heures avec ses amies. Elles trouvaient que « Petit Pois » était mignon, qu'il avait l'air gentil, que s'il passait son temps avec ses télés, c'était qu'il était timide et que c'était les timides qui faisaient les meilleurs partis, qu'il avait un peu d'argent et qu'elle pourrait avoir une petite maison à décorer, peindre des murs couleur saumon, acheter des fauteuils Second Empire, avoir un jardin d'hiver.

Finalement Suzy et « Petit Pois », avec tous les encouragements qu'on leur avait donnés, avec tout ce qu'on leur avait promis sur l'un et sur l'autre, avaient fini par se laisser aller pendant une sorte de pique-nique organisé à dessein par les copines de Suzy. Personne ne sut ce qu'ils se dirent alors, assis à flanc de colline, le soleil de juin leur chauffant la poitrine, mais à peine une semaine plus tard « Petit

Pois » s'installait chez Suzy, s'y fixait comme du lichen et n'en bougeait plus, laissant son commerce de téléviseurs prendre la poussière, se fichant complètement qu'il puisse sombrer. Moktar, petite mère des pauvres, leur payait tout : bouffe, loyer, argent de poche, répétant que ce qui comptait c'était le bonheur de sa sœur, que son bonheur à elle c'était la condition du sien, que si elle lui demandait ses genoux, il les lui offrirait sur un plateau, qu'elle était tout ce qu'il lui restait. J'étais écœuré, à croire qu'au moment où Suzy était arrivée on avait remplacé le cerveau de son frère par du caramel mou. Mais je ne disais toujours rien. Même quand j'avais appris qu'ils allaient se marier je n'avais rien dit. J'avais même été à leur mariage les applaudir tous les deux avec leurs airs réjouis, les voir danser sur les tables et avaler la pièce montée hors de prix offerte par Moktar. Moi, j'avais bien vu qu'il y avait quelque chose dans cette fête qui la faisait plus ressembler à un crépuscule sur la banlieue qu'à une aube sur le nouveau monde. Et malheureusement ce qui suivit me donna raison.

Ça s'est corsé en quelques semaines. D'abord on ne se rendit compte de rien, sinon qu'on voyait moins Suzy mais c'était normal pour une jeune mariée et personne ne s'en étonna. Ensuite on se demanda pourquoi elle s'était mise à décliner toutes les invitations de ses copines un peu sottes et de leurs amis échaudés : fini les soirées slovènes, les pique-niques, les confidences et les pâmoisons, Suzy restait maintenant chez elle, assise devant les émissions de jeux présentées par l'ancien aviateur, regardant les gens gagner des percolateurs et des fours à air pulsé. Moktar était certain qu'elle était heureuse, elle avait fait repeindre son appartement couleur saumon, s'était fait offrir des meubles Second Empire, voyait des entrepreneurs pour aménager un jardin d'hiver. Mais quelque chose clochait, quelque chose d'assez subtil que seul un observateur attentif aurait pu remarquer, de lointains nuages dans les yeux de Suzy, un infime dégoût dans l'expression de son visage, d'anormales vibrations dans le son de sa voix. « Petit Pois » Roberts téléphonait souvent à Moktar pour lui demander de l'argent, des prêts de plus en plus nombreux qu'il ne remboursait pas. Avec tout ce fric, il s'était acheté une grosse cylindrée bleue de 1967 dans laquelle il se pavanait en ville, laissant Suzy affalée sur le canapé, aussi seule qu'un béluga échoué sur une plage des Malouines.

Je crois que ça aurait pu durer comme ça longtemps, du moins jusqu'à ce que Moktar soit complètement tondu par « Petit Pois »

Roberts. Mais un soir tout bascula. Moktar reçut un coup de téléphone de son beau-frère qui, d'une voix traînante, demandait si quelqu'un avait vu Suzy dans les « foutus parages de cette foutue ville de merde ». Quelques minutes plus tard, Suzy faisait irruption chez son frère dans un tel état qu'il jura sur le Christ et sentit une main d'acier serrer sa gorge.

Les cheveux hirsutes, le visage tuméfié, sa robe claire couverte de taches de sang, elle regardait Moktar depuis le pas de la porte sans rien dire, le corps agité de petites secousses, son bras gauche pendant lamentablement le long de son corps. « Je ne pouvais plus sortir de chez moi, ça le rendait fou. Il me disait : "Espèce de salope ! Si tu as envie de sortir c'est parce que tu es en chaleur, tu veux te taper des types, je le sais, je le vois dans ton regard, je sais comment sont les femmes, j'en ai vu des milliers à la télé. Une fois mariées elles pensent qu'elles sont coincées, elles se mettent à rêver du voisin, du facteur, du marchand de chaussures pour les faire sortir de leur prison. Je dois te surveiller comme du lait qu'on met sur le feu. Tu dois me comprendre." Du coup je restais à la maison. Quand il sortait il débranchait le téléphone et il le mettait dans la petite armoire à alcool. Il disait : "Si tu sors je le saurai. Je te flingue et je me flingue après. Merde !

Tu es ma femme et ma femme ne me prendra pas pour un con." J'avais même fini par me dire qu'il y avait un fond de vrai à tout ce qu'il me racontait : s'il me disait que j'étais une salope c'est qu'il devait avoir raison. S'il me disait que j'étais comme du lait sur le feu c'était que ça devait être vrai. Et puis ce matin je regarde l'émission présentée par l'aviateur, celui qui a descendu le missile, et je me rends compte qu'en direct il est en train de téléphoner chez moi. Bien sûr, le téléphone était enfermé dans l'armoire, j'ai dû forcer la serrure avec un couteau. Malheureusement, j'ai décroché trop tard, et en plus l'armoire était cassée, pas moyen de cacher ça. Quand Roberts est rentré, il est devenu fou, il voulait savoir qui j'avais appelé et ne voulait pas me croire quand je lui ai raconté l'histoire du jeu. Puis il est devenu brutal, ses petits yeux sont devenus effrayants, des yeux de belette qui va égorger un lapin, je me suis débattue, j'ai griffé, j'ai mordu et j'ai réussi à m'enfuir. »

Voir sa sœur comme ça a ouvert toutes les cicatrices du cœur de Moktar. Il revit tous les visages de ses parents disparus, il revit les scènes du massacre de la division Buskhov, il revit ses amis noyés à Svarvik et il se rappela s'être promis de ne plus laisser personne faire du tort à ceux qu'il aimait. Il laissa sa chambre à Suzy et dormit sur le canapé, son sommeil hanté par des images de passages à tabac, de tortures dans les caves des ministères, d'exécutions capitales et, toujours, le visage de « Petit Pois » Roberts souriant sous les cagoules des bourreaux et dans les reflets des armes blanches. Le matin il me faisait venir chez lui, me faisait écouter les sanglots de Suzy à travers la porte et me proposait un paquet d'argent pour assassiner son beau-frère. Je crevais de faim, je n'avais plus rien en poche. Alors, avec la belle somme et les sanglots j'avais tout de suite accepté. Voilà comment j'en étais venu à tuer un homme, une histoire de gros sous et de sanglots. Quelquefois pour me consoler je me dis qu'il y a déjà eu de plus mauvaises raisons.

12

Je suis capable de deux choses : la première, assez facile, consiste à faire « mmmmm », « mmmmmm » et me sert à dire bonjour, au revoir, merci, comment allez-vous, etc. Niveau communication je ne vaux guère mieux qu'un chien paralytique mais je vaux infiniment plus qu'un poisson rouge, ce qui sur l'échelle de l'évolution représente plusieurs millions d'années et ce n'est pas négligeable. Je ne suis capable de la seconde chose que depuis peu de temps. Une semaine à peine et cela me demande encore un réel effort de concentration. Quand j'y parviens, j'éprouve chaque fois la satisfaction d'un Newton, d'un Einstein ou d'un Darwin ouvrant des voies nouvelles à l'aventure humaine : je bouge le petit doigt de la main gauche. Bien sûr les conditions doivent être parfaites : je dois avoir été nourri moins d'une heure auparavant, je dois avoir pris les quatre premiers éléments du traitement chimique mais pas de calmants et surtout je ne dois penser que « petit doigt ». La moindre pensée parasite, le moindre souci et le voilà qu'il redevient le petit bout de chair amorphe qu'il est depuis deux mois.

Ce geste qui peut paraître dérisoire constitue, j'en suis certain, une étape majeure dans l'amélioration de mon état. Si, de toute évidence, l'accident de la nuit de mars 1978 l'a transformé en guirlande pour sapin de Noël, mon système nerveux semble peu à peu retrouver ses esprits, rebrancher ses connexions, rétablir ses contacts perdus. Le miracle du petit doigt en est la preuve. Surtout ne pas céder au découragement : en ces temps d'obscurité l'optimisme est de rigueur.

Encouragé par ce progrès je passe mes journée à guetter la moindre sensation et à ordonner mes souvenirs avec un soin maniaque afin qu'ils me donnent la clé des événements m'ayant conduit jusqu'à ce lit d'hôpital. Ce faisant, je comprends combien des éléments extérieurs, sur lesquels je n'avais aucune prise, ont pu déterminer mon destin. Cependant, je le comprends à présent, c'est la faiblesse de mon caractère qui fut le catalyseur de ce mélange détonant : quand d'autres auraient tout envoyé balader, je restais sagement assis à attendre que le ciel me tombe sur la tête, persuadé que je ne pouvais rien y changer.

La formation du couple Moktar/madame Scapone fait sans aucun doute partie des événements extérieurs à ma volonté et je ne vois pas comment j'aurais pu influencer son développement, sinon en n'invitant pas la petite vieille au *Bateau qui se plante* le lendemain de ma rencontre avec Jim-Jim Slater. Mais comment aurais-je pu prévoir ? En effet, contre toute attente, contre toute logique, la rencontre de Moktar et de madame Scapone se transforma non en amitié, non en une tendresse réciproque inspirée par un passé également douloureux, mais en un torrent d'amour, violent, puissant, emportant sur son passage tous les obstacles qui auraient pu se dresser devant lui. Peu importait à Moktar que madame Scapone fût vieille, que la peau de son visage ressemblât plus à une planche en bois de chêne qu'à un pétale de rose, que son corps fût une mécanique dont les composants se coinçaient, s'entrechoquaient sans cesse ou que l'histoire de sa vie eût donné à son caractère un insupportable penchant maniaque. Peu importait tout cela, Moktar aimait madame Scapone et il la désirait avec tant de férocité que la simple vue d'une pince à cheveux oubliée dans la salle de bains pouvait lui infliger une douloureuse érection.

— Tu vois, me dit-il, j'ai souvent cru que je savais ce que voulait dire le mot aimer. Je me rappelle d'une fille tellement jolie que le simple fait de la regarder me faisait mal aux yeux, comme le soleil des montagnes. Elle avait des parents hideux, son père ressemblait à une chèvre et sa mère à une truie, mais elle, c'était un vrai miracle, le doigt de Dieu avait dû toucher les couilles de son père au moment de l'éjaculation. Bref, j'ai cru que j'aimais cette fille et comme tous les autres je lui ai fait une cour effrénée, je faisais le pied de grue devant chez elle, je lui envoyais des fleurs, je chantais sous sa fenêtre et c'est moi qui ai fini par l'avoir. J'obtins un rendez-vous secret dans une grange à l'extérieur du village. Quand je l'ai embrassée, je me suis pris pour Attila, je la pelotais tant que je pouvais, comme si elle allait disparaître d'une seconde à l'autre, je me disais, « c'est pas possible, je suis en train de rêver ». Puis je deviens plus courageux et je lui demande de se déshabiller. Là elle minaude un peu, dit « non », « je ne sais pas », ce baratin qu'elles se croient toutes obligées de te sortir mais elle a fini par le faire. Et devant moi, à poil, la fille de celui qui avait eu les couilles touchées par Dieu. Je me suis pris pour un apôtre, j'étais un élu, j'avais accès au saint des saints, j'allais pouvoir écrire un évangile. Et puis soudain voilà que je suis pris d'une drôle de sensation. J'avais devant moi, à poil, la plus belle fille de l'histoire humaine et pourtant je ne savais qu'en faire. À travers une petite lucarne de la grange, je regardais le ciel bleu, l'été, le vent qui caressait les hautes herbes et je me suis dit que cette fille, je ne l'aimais pas. Je me suis mis à la voir comme un agencement habile d'organes, de muscles, de tubes, de conduits, de réflexes de toutes sortes et ça m'a fichu une nausée terrible. Tu vois, avec Scapone, je ne vois pas tout ça, je ne vois pas les organes, je vois au-delà de ça. Ce que je vois c'est son âme et son âme me réchauffe le cœur. La chair n'a rien à voir là-dedans. »

Moktar, il me l'avoua plus tard, avait tout de suite aimé madame Scapone dont l'âme, selon ses termes, lui était immédiatement apparue en harmonie avec la sienne. Madame Scapone, par contre, mit plus de temps à se rapprocher de l'âme rugueuse de Moktar. L'âge de cette femme et les épreuves de sa vie avaient gravé dans son cœur un dédale d'émotions tantôt sombres, tantôt lumineuses, souvent contradictoires qui rendaient imprévisible la direction de ses élans. Après sa première rencontre avec Moktar, elle rentra chez elle et pleura, sans trop savoir pourquoi, toutes les larmes de son corps. Peu de temps après elle tombait malade, d'une de ces incompréhensibles maladies de vieilles femmes. Moktar me téléphonait sans arrêt pour me demander de ses nouvelles ou bien passait la voir, lui faisait du thé, des gâteaux slovènes, rangeait son appartement, lui racontait l'histoire tragique de sa famille, écoutait celle de madame Scapone. Malgré son dégoût de la guerre et de l'armée, il avait gardé l'assurance d'un soldat d'élite et il n'hésita plus, après quelques jours, à avouer son amour. Madame Scapone le chassa sur-le-champ, puis le rappela, puis refusa de lui ouvrir, puis prétendit que ses gâteaux slovènes étaient avariés, puis le serra dans ses bras maigres et l'embrassa avec une passion de jeune fille, puis s'en voulut et le chassa encore, honteuse de trahir ainsi le souvenir de Salvatore. La nuit même, elle mit sa plus belle robe et se rendit chez Moktar. D'abord elle le traita de tous les noms, lui dit qu'un jeune homme ne pouvait pas aimer une femme de l'âge de sa grand-mère, veuve qui plus est, et pour l'instant malade, peut-être mourante. Puis elle l'embrassa comme elle l'avait fait l'après-midi, son corps tout entier prit feu et rajeunit de trente ans. La mécanique du désir s'était remise en route comme une puissante machine à vapeur que rien ne semblait pouvoir arrêter. Elle engouffra le sexe de Moktar et lui fit une pipe impériale, ils roulèrent sur le sol, tirant sur les couches de tissus qui s'interposaient, la belle robe se déchira mais sa propriétaire s'en fichait. Moktar parlait d'amour, d'âmes qui se retrouvent et ses mots se plantaient droit dans le cœur de madame Scapone qui répondait des « Je t'aime, je t'aime, je t'aime » de soap operas. Enfin, Dieu sait comment, ils se retrouvèrent sur le lit, ce qui restait de retenue chez madame Scapone éclata en mille morceaux légers qui disparurent par une fenêtre entrouverte, elle était l'esprit de la jungle, elle était océan et tempête. Enfin, beaucoup plus tard, Moktar s'endormit et ses rêves, parfumés par l'odeur des cheveux de celle qu'il aimait, furent les plus beaux et les plus tranquilles de son existence.

Mais les histoires d'amour les plus fortes suivent souvent les chemins les plus tortueux, surtout lorsqu'elles concernent des personnalités aussi complexes que celle de madame Scapone et de Moktar. Le matin venu, l'ex-soldat slovène se réveillait dans un lit vide. Il téléphona aux quatre coins de la ville mais il ne remit pas la main sur celle qui venait de le quitter. Il fit jouer les relations qu'il entretenait dans le milieu, donna à une bonne douzaine d'hommes le signalement de la petite vieille, promit une récompense au premier qui pourrait la lui trouver. Après une journée, tous les hôpitaux avaient été visités, tous les voisins interrogés, tous les bistrotiers soumis à la question et finalement ce fut un gamin de quinze ans, à moitié illettré mais dont le frère était groom dans un hôtel miteux de la banlieue, qui retrouva madame Scapone. La pauvre femme avait loué une chambre hors de prix et tentait d'y faire pénitence de son goût pour la queue de Moktar. Celui-ci se rendit à l'hôtel sans attendre, y frappa le portier en pleine face, força la porte et enlaça sa bien-aimée avec une passion de Christ à l'agonie. Madame Scapone résista, lui dit qu'il fallait tout oublier, que lors de la fameuse nuit elle n'avait cessé de voir le visage de son suicidé de mari dans les ombres de la chambre, qu'elle ne pouvait pas coucher avec des hommes alors qu'elle était jusqu'au cou dans les tourments de son deuil, qu'elle prendrait cour, œillade ou allusion à ce qui s'était produit comme des insultes personnelles et qu'il fallait qu'on la laisse tranquille sur-le-champ. Moktar se souvint du colonel Buskhov, des Basmatchis, de Svarvik et se dit que la vie était trop courte pour écouter ce genre de conneries. Il se saisit de madame Scapone et lui fit l'amour entre le lit et la petite salle de bains en faux marbre. Elle le griffa, le mordit, lui ordonna d'arrêter mais autant parler à une locomotive, alors elle le laissa finir. Après ça, elle le regarda dormir et fut émue aux larmes par sa nuque de taureau, l'implantation de ses cheveux sombres et ses cils de jeune fille. C'est à ce moment qu'elle se sentit tomber amoureuse de Moktar. Elle rangea alors soigneusement le souvenir de son mari à côté d'autres vieux souvenirs, posa une main sur le visage du Slovène et s'abandonna tout entière à sa nouvelle histoire avec la délicieuse impression de rentrer dans un bain tiède.

13

Comme je l'ai dit, ma situation présente est due tant à des éléments indépendants de ma volonté qu'à ma faiblesse de caractère. Le fameux jour de la rencontre de Moktar avec madame Scapone, le lendemain de ma funeste entrevue avec Jim-Jim Slater, fut aussi le jour où Dao Min décida de se mêler de ce qui ne le regardait pas. Pour aller jusqu'au bout de ma tentative de classification, je dirai que la rencontre entre l'officier slovène et ma vieille voisine est à ranger parmi les éléments indépendants de ma volonté alors que l'irruption du cuisinier vietnamien dans le déroulement des événements n'est due qu'à ma faiblesse de caractère.

La petite communauté vietnamienne se retrouvait régulièrement au *Bateau qui se plante* pour se rappeler du goût de là-bas, pratiquer les langues orientales, casser du sucre sur le dos des hommes politiques et jouer au mah-jong des heures entières. À ce jeu, le partenaire favori de Dao Min était un jeune homme à l'aspect soigné qui excellait dans les arts ménagers à tel point qu'il s'était bâti une solide réputation auprès des riches habitants de la colline pour qui il nettoyait les chiottes, faisait briller les cuivres, cirait les pompes et battait les tapis.

À l'intelligence brillante, capable d'élaborer des stratégies prospectives de plusieurs dizaines de coups, ce jeune homme, à en croire Dao Min, avait un diplôme en physique nucléaire obtenu avec mention à l'université de Saigon, mais qu'il n'était jamais parvenu à faire homologuer une fois arrivé ici. Il avait été dès lors contraint de vivre de petits boulots plutôt que des fruits de sa brillante formation et il en était devenu amer, parfois même méchant, avançant souvent l'idée de porter atteinte à la réputation d'employeurs qui le traitaient comme une vulgaire bête de somme sans aucune considération pour la grande forme de ses neurones. Il mettait donc un point d'honneur à arriver au *Bateau qui se plante* chargé de mille et un commérages, de faits divers, d'anecdotes croustillantes, de sordides histoires de coucheries qu'il exagérait à peine et qui laissaient penser que les habitants de la colline auraient battu à plate couture ceux de Sodome et Gomorrhe pour ce qui était des vices et de la turpitude.

Après avoir été employé par un industriel aussi imbibé d'alcool qu'une serviette rafraîchissante, il était passé au service de Jim-Jim Slater qui trouvait très chic de compter un domestique oriental parmi son mobilier. Dao Min, que Moktar avait mis au courant de mes tracas, m'expliqua combien il pourrait m'être utile d'en savoir plus sur le chanteur. Il me donna l'exemple de la fièvre aphteuse et du botulisme et me dit que les gens qui vous pourrissent la vie sont comme les maladies tropicales : si on ne les connaît pas on en meurt. Convaincu par cet exemple, je lui avais répondu que j'étais prêt à rencontrer son champion de mah-jong. Il était revenu accompagné d'un jeune type, gabarit d'un poids coq, l'air mal à l'aise dans un petit costume bon marché, les yeux agrandis par ces lunettes à montures sombres produites en quantités par les régimes communistes.

Dao Min nous poussa vers le fond du restaurant, dans une sorte d'arrière-salle aux odeurs de noix de cajou, garnie de fauteuils racornis sur lesquels il nous fit asseoir en nous disant qu'on y serait plus tranquilles pour parler. Le petit ingénieur avait l'air nerveux, il faisait craquer les articulations de ses doigts comme des brindilles de bois mort, jetant sans cesse, par l'embrasure de la porte, des regards aux gens qui rentraient dans le restaurant.

— Chuis nerveux, chuis nerveux, comme un canard avant les pluies du printemps, avec ce qui se passe ils sont capables de tout, ça devient une équation avec beaucoup trop d'inconnues, l'asymptote que je crois deviner ne me plaît pas du tout, elle me ressemble avec la gorge tranchée dans un coin perdu de cette fichue ville. Vous voyez ce que je veux dire ?

Comme je ne voyais pas il s'agita sur son siège, joua encore avec ses articulations.

— Ce que je veux dire c'est qu'ils sont capables de tout. Ils ont appris que toute la tournée de la petite Caroline allait être suivie par une équipe de télévision, avec à sa tête l'ancien aviateur qui organise des jeux télévisés. Ce sera une publicité incroyable, la tournée du siècle, nos petits-enfants regarderont encore les enregistrements, Caroline Lemonseed sera l'âme de toute cette guerre. Vous voyez, on se rappellera quelques victoires, quelques défaites, quelques déclarations de généraux ivres morts, mais au-dessus de tout ce sera Caroline, celle dont la voix protégeait des balles, celle qu'il fallait avoir vue avant de se faire écrabouiller par un char, celle qui consolait mieux que toutes les lettres des petites amies. Alors vous voyez, ce qui s'est passé entre vous et Minitrip c'était beaucoup pour l'orgueil de Jim-Jim et la gloire montante de Caroline avait ajouté de l'huile sur le feu, avec tout ça il commençait à se sentir dans la peau d'un vrai minable. Mais cette histoire d'équipe de télévision, pour Jim-Jim c'est comme si on l'avait enterré dans une fosse commune, les sept plaies qui s'abattent sur Pharaon, c'est l'apocalypse pure et simple. Maintenant il se réveille la nuit avec des douleurs d'estomac qui ressemblent à des coups de poignard, il répète qu'il ne peut plus respirer. Comme à un gosse, je dois lui faire du lait chaud, comme à un gosse, je dois lui dire qu'il est tard et qu'il doit aller se coucher. Avec le Japonais et ses deux copains, je crois qu'ils comptent à fond sur vous, ils savent qu'ils vous tiennent, ils parlent souvent de vous envoyer un petit « rappel à leur bon souvenir » pour accélérer les choses. Ils se méfient de tout le monde, même de moi, ils savent que je connais Dao et que Dao vous connaît. C'est le genre de liens qui ne porte pas à conséquences mais quand on a les nerfs à vif comme les leurs ça peut donner lieu à des réactions imprévisibles. C'est pour ça que je suis nerveux. C'est pour ça que je me vois égorgé.

Dans l'arrière-salle, le petit ingénieur coréen

refit craquer ses articulations, l'angoisse creusant un profond sillon vertical juste au-dessus de son nez. Il me parla de ses parents restés au pays, de ses études, de son petit frère autiste dont il exhiba la photographie baveuse. Nous n'allions plus nous revoir. Quelques jours après notre entrevue, on le retrouva mort, petit tas raidi et saignant dans la cour à ordures du *Bateau qui se plante.* Non pas égorgé comme le prévoyait son asymptote mais le visage écrasé à coups de cric, signature brutale de Juan Raul que les remords gênaient moins qu'une piqûre d'insecte sur un râble d'éléphant.

14

Mon doigt, qui hier encore semblait aussi éloigné de moi qu'une petite sonde martienne maladroitement commandée depuis la terre, est aujourd'hui aussi vif et nerveux qu'un orvet à peine éclos. Quelle chimie permit ce miracle, quel mystérieux cocktail tombé goutte à goutte dans mes veines ? Peu importe. Je me prends à rêver d'un grand coup de poing dans la tronche grisâtre de cette folle de Nicotine. De plus en plus souvent elle se laisse aller à ses petites « séances spéciales » : « Crétin, pauvre crétin. Mais qu'est-ce que tu crois ? Pour qui tu te prends ? Tu t'es vu. Impuissant, bite molle... » Et la voilà qui me pince violemment le bras, crac aïe ! y laissant un rond violet qui mettra la journée à disparaître. Le visage de Nicotine est aussi froid qu'un sommet alpin et sa voix est coupante comme des arêtes de glace. Elle semble lutter contre ses propres accès de violence. Un instant son flot d'injures s'arrête, « crétin, crét... », une puissante vague de haine semble la soulever, elle fait un pas vers le lit levant à demi le bras, poing droit serré, caillou pâle et tremblant que je m'attends à prendre en pleine poire, puis se ravisant au dernier moment elle souffle, hoche la tête l'air de me plaindre, « pauvre petit-fils de pute », et elle quitte la chambre me laissant seul avec mon petit doigt frétillant et les bips-bips de la machine.

À l'image des vigoureux progrès de mon doigt, ma mémoire s'agite, se tord, se contracte et se relâche comme un sphincter d'incontinent. Elle me révèle par de puissantes giclées ce que je fus lors de la pétaradante nuit de mars 1978. Il y a un jour de cela m'est revenu le souvenir le plus étonnant de ma vie passée, un souvenir énorme, un souvenir de la taille d'un océan et qui pourtant était resté invisible, dissimulé dans la matière grise de ma cervelle, tapi dans l'ombre tortueuse des méninges, un souvenir inscrit jusque dans mes os : j'aimais Caroline. Et plus fort encore, je l'aime toujours. Me le rappeler fut comme une brusque montée de température sur Pluton, la lumière du soleil grillant la surface gelée, provoquant mille explosions minérales, mille glissements de terrain en un merveilleux feu d'artifice.

J'aime, j'aime, j'aime, j'aime, j'aime Caroline, toi Soleil, moi Pluton. Toi fournaise, moi effondrement, moi liquéfaction, moi phénomène atmosphérique, toi brûlante étoile, moi rocaille chauffée à blanc. Caroline, braise posée à même ma mémoire, consumant le souvenir des Minitrip et consorts qui ne furent que de bien froides marchandises, tristes enluminures, seconds choix honteusement consommés, au mieux de pâles prémices de toi, ma chérie, mon amour, Caroline.

15

« Face à la violence de l'ennemi
face aux fusils
face à la mort
il n'y a rien qui soit plus fort qu'un courageux soldat d'ici.

Quand on rase nos villages
quand on éventre nos enfants
face aux visages terrifiants
face au rouge des carnages
il n'y a plus rien qui soit plus doux
qu'une fille de chez nous.

Et puis nous aussi nous raserons
village pour village
cochon pour cochon
et d'un geste franc
enfant pour enfant
Car il ne faut pas pardonner à l'ennemi

qui vous a provoqué.
Yeah. »

Caroline chantait ça avec une voix minuscule en se dandinant d'un pied sur l'autre au rythme de la musique. Le réalisateur du clip avait mis à l'arrière-plan des images de F-16 au décollage (il y avait quelque chose de grossièrement suggestif là-dedans), et des images de soldats pendant une pause : paquetage posé à terre, casques servant de sièges, s'échangeant des cigarettes, se donnant des tapes dans le dos.

Le visage de Caroline avait été légèrement surexposé, accentuant sa pâleur, donnant à l'éclat de ses yeux gris une intensité inhabituelle. Je me souviens qu'elle aimait cette image quasi fantomatique d'elle-même qu'elle avait choisie pour illustrer la pochette de son premier disque. Cette photographie, bien que gommant les reliefs de son visage, la vieillissait de quelques années : on lui aurait bien donné vingt-quatre ou vingt-cinq ans. Certainement pas dix-neuf.

Elle n'aimait pas la jeunesse. C'était pour ça qu'elle aimait cette photographie. La jeunesse était pour elle une maladie dont on met des années à se remettre, une maladie aux pathologies variables mais toujours douloureuses, parfois honteuses. Sa vie passée avait pourtant la rassurante régularité d'un prélude de Bach : école primaire à proximité d'une jolie forêt remplie de bestioles affectueuses, de petits rongeurs épileptiques, de biches copulantes et de joyeuses chenilles processionnaires lui donnant de la vie une image walt-disneyenne d'où le mal était toujours absent. Ensuite, on lui choisit un collège d'un bon niveau où la jeune fille eut deux petits amis. Elle rencontra le premier à quinze ans, elle ne coucha pas avec lui, mais elle l'embrassa beaucoup. Pour ce qui était des caresses, ce garçon s'était limité à la poitrine de la jeune fille : il lui malaxait les seins, des heures durant, avec une minutie d'étudiant en sciences naturelles et y trouvait une pleine satisfaction. Il ne s'était aventuré plus bas que peu de temps avant leur rupture mais il n'avait jamais dépassé la limite des premiers poils pubiens manifestement méfiant de ce qu'il pourrait trouver. Qu'il ne fût pas allé au-delà laissa dans le corps de Caroline un sentiment de soulagement (« Quinze ans, c'est un peu trop jeune... », avait-elle dit), mêlé à une certaine frustration (« ses mains étaient en velours... ») qui devait influencer pour longtemps son imaginaire érotique.

L'autre type, elle l'avait connu vers dix-huit ans. Les trois années précédentes avaient été, d'un point de vue libidinal, assez étranges. Alors que la plupart de ses amies se livraient à d'interminables séries de flirts, le sexe de Caroline semblait tombé en léthargie, comme une marmotte au pelage soyeux lovée dans la tiédeur de son terrier.

Ses parents avaient une petite société de transport frigorifique comptant en tout et pour tout un semi-remorque Mercedes et une camionnette Toyota bricolée pour accueillir trois gros congélateurs. Le père de Caroline conduisait la camionnette, le semi-remorque étant quant à lui conduit par un employé aux muscles noueux, aux tendons durs comme des câbles d'ascenseur qui ne reculait ni devant le sang ni devant le froid. Son visage évoquait à Caroline la photographie d'un chasseur lapon qu'elle avait vue un jour dans un livre de géographie accompagnée de la légende : « Les conditions extrêmes auxquelles il est soumis ont fait du chasseur lapon un homme rude et silencieux ne s'accordant que rarement le réconfort de sa femme et de son foyer. »

Quand elle le croisait devant chez elle, chargeant des kilos de viandes gelées dans le camion, le visage aussi expressif qu'une plaque d'acier brossé, une onde à basse fréquence prenait naissance en plein milieu de l'os iliaque de Caroline, remontait le long de sa colonne vertébrale et venait augmenter la température de son ventre et de sa poitrine de quelques degrés. Souvent Caroline traînait devant l'entrepôt, se débrouillant pour croiser le chasseur lapon avec un air snob, attrapant sur le coton de sa robe l'un ou l'autre pollen imaginaire, comme si une poussière minuscule avait plus d'importance que toute la testostérone de l'univers.

Le type avait fini par inviter Caroline à écouter un peu de musique dans la cabine du camion. Elle était montée avec l'air de caser ça dans un emploi du temps très chargé et le Lapon lui avait fait écouter des cassettes d'opéra italien. Évidemment, à cette époque, elle ne connaissait rien à l'opéra, ni à l'italien. Elle ne savait d'ailleurs pas que l'un allait souvent avec l'autre et, en réalité, elle n'en avait pas grand-chose à foutre. De tout près, le type dégageait une odeur formidable, une odeur de sang et de givre tellement bonne qu'elle aurait voulu la mettre en bouteille pour s'en asperger la figure. Pour le Lapon, l'odeur de rosée que portait Caroline n'était pas mauvaise non plus et à force d'aimer leurs odeurs réciproques, ils avaient fini par se retrouver à poil, tout emmêlés, tout en sueur, à pousser de petits gémissements.

Voilà comment elle en était venue à la

musique. Après ce premier rendez-vous, le Lapon et elle partirent souvent ensemble livrer les quartiers de viande. Le type lui mettait du Puccini, du Verdi ou un autre de la même clique, et ils chantaient tous les deux, se respiraient les odeurs de givre et les odeurs de roses, se pelotaient à qui mieux mieux dans la cabine exiguë du camion. L'oreille et la voix de Caroline s'aiguisaient chaque jour un peu plus.

16

Ce matin j'ai eu la trouille de ma vie à cause de cette folle de Nicotine qui avait perdu les pédales pour de bon. J'ai bien cru que ma dernière heure était venue. C'était un de ces horribles petits matins tout froids, tout pâlichons comme la moyenne saison en produit en grande quantité dans l'hémisphère Nord. Un petit matin fait sur mesure pour le cafard. Je regardais au plafond les évolutions d'une poignée de mouches verdâtres quand soudain apparut au-dessus de moi le visage de mon infirmière. Elle avait l'air d'avoir pleuré, elle était toute blanche, ses yeux étaient tout rouges et tout gluants comme des carpes japonaises. Une vision d'horreur. Elle est restée à me regarder puis, au bout d'un moment elle s'est mise à me hurler dessus : « SALOPARD, ASSASSIN, SALE FILS DE PUTE. » En plus de me hurler dessus elle s'était mise à me secouer tellement fort que les tuyaux qui me rentraient dans le bras et dans le nez sont sortis d'un coup, chlik, chlak, puis, en hurlant toujours, elle m'a attrapé la gorge et elle l'a serrée. Tout ce que je pouvais bouger, moi, c'était mon petit doigt, qui essayait, vaillant petit soldat, de repousser seul les assauts de Nicotine. J'ai commencé à voir un tas de taches noires et je me suis dit que j'allais crever là comme une pauvre merde, seul, paralytique, entre les mains d'une hystérique. Puis la petite étudiante en médecine est rentrée dans la chambre, a attrapé Nicotine et l'a tirée en arrière et s'est mise aussi à crier : « ARRÊTE, T'ES FOLLE, IL N'EN VAUT PAS LE COUP, S'IL DOIT CREVER, IL FAUT QUE CE SOIT FAIT DANS LES RÈGLES, ON N'EST PAS COMME LUI... » Et à son tour elle s'est mise à pleurer. Toutes les deux maintenant elles pleuraient, dans les bras l'une de l'autre, l'une grosse vache et l'autre petit ange blond : on aurait dit un tableau de la Renaissance. Là-dessus, entre le médecin qui demande ce qui se passe. « Rien », dit le petit ange. « Rien », dit la grosse vache. Alors le médecin m'a regardé. J'ai pas du tout aimé son regard. « Remettez-lui la sonde et le baxter », il a dit. Puis il est sorti.

La petite étudiante en médecine a demandé à Nicotine si ça allait aller, elle a répondu que oui, merci, elle allait me rebrancher et se calmer. La petite étudiante est sortie à son tour et je suis resté seul avec la grosse vache. J'étais pas à mon aise, mais elle m'a rebranché, le bras, le nez, elle m'a remis les oreillers et les draps en place, très délicatement. Puis elle s'est penchée sur moi, avec son odeur de savon et de cigarette, et elle m'a dit qu'elle espérait que j'irais bientôt mieux sur un ton qui m'a fichu la trouille. La suite me prouverait que j'avais raison de m'inquiéter.

17

Suzy, qui avait aimé de toute son âme ce salopard de « Petit Pois » Roberts, avait plutôt mal réagi à la nouvelle de son assassinat. Moktar avait eu beau lui dire que c'était pour son bien, elle n'avait rien voulu entendre et cessa de parler, à lui, à moi, à ses copines, à tout le monde, et se mit à errer près des lotissements où les soldats étaient cantonnés. Elle portait une jupe couleur pêche taille douze ans, un T-shirt avec l'inscription « Make love, not war » et avait, vissé sur la tête, un Walkman lui susurrant des mélodies sirupeuses. Elle se faisait siffler, traiter de salope en une dizaine de langues, elle répondait : « Je t'aime, je t'aime, je couche pour cent balles. » Ce prix défiant toute concurrence lui valut rapidement une certaine renommée, le nom de Suzy accompagné d'un adjectif graveleux était sur toutes les bouches à la nuit tombée. Elle ne revenait chez son frère qu'à l'aube, l'haleine séminale, marchant en canard, grimpait sans un mot dans sa chambre, se douchait et s'endormait en répétant doucement le nom de « Petit Pois ». Madame Scapone, sa nouvelle belle-sœur, donnait toutes sortes de conseils éducatifs inspirés par la lecture des docteurs Spock, Gordon ou de *Libres enfants de Summerhill*. Elle disait de la laisser faire, que c'était une façon d'exprimer son mal-être, son être-au-monde, son adolescence en crise, son devenir-femme, son refus-du-père, son soi, son moi, son ça et son karma. Moktar n'y comprenait pas grand-chose à tout ce bordel, mais il avait confiance en madame Scapone qu'il aimait plus fort de jour en jour. Suzy sortait donc chaque soir, petit oiseau spasmophile, se soldait comme un vulgaire melon, faisait des prix de groupe et rentrait épuisée, défoncée de toutes parts sans que l'on sache exactement ce que voulait dire son regard tragique.

C'est dans cette ambiance délétère que madame Scapone, Moktar et moi avions commencé à mettre au point le plan d'assassinat de Caroline Lemonseed. Nous pensions alors avoir le temps, nous imaginions pouvoir régler l'affaire en y réfléchissant bien, tout prévoir, imaginer des plans A et des plans B mais c'était sans compter avec l'hystérie qui gagnait Jim-

Jim et contre laquelle le champion de mah-jong m'avait mis en garde.

À la télévision on nous parlait de plus en plus souvent de la guerre. Alors que quelques mois plus tôt ce sujet n'était traité qu'entre deux jeux ou deux épisodes de série, les flashs spéciaux se faisaient de plus en plus nombreux, présentés par des speakerines habillées en kaki pour l'occasion. On nous montrait des images aériennes du front, immenses plaines boueuses parcourues d'un réseau de tranchées dans lesquelles les soldats vivaient pareils à des vers de terre, tout blancs, tout mouillés, mais, nous assuraient les speakerines, toujours vaillants. L'ancien aviateur lui-même avait délaissé les plateaux bien chauffés et faisait le tour des garnisons pour y organiser ses émissions de divertissement en direct. Il faisait tourner la roue de la fortune par de jeunes estropiés ravis de gagner un canapé-lit ou une batterie de casseroles. L'aviateur leur présentait de jeunes starlettes en maillots et leur disait : « Dans quelques mois, ce sera la grande tournée de Caroline Lemonseed... » Et tous les types se mettaient à bander et à applaudir en même temps, toute une collection de gueules cassées, souriantes à l'idée de voir la petite chanteuse en chair et en os. À tous les coups, il mettait madame Scapone hors d'elle. Elle avait lu dans un magazine qu'il avait touché une vraie fortune de sa chaîne câblée pour aller marcher dans la boue et renifler la mauvaise haleine des militaires, elle ne supportait pas qu'il fasse de la publicité en douce dans chacune de ses émissions : « L'adjudant Lepetit lave ses chemises avec la lessive Machin, meilleure contre la transpiration, la graisse de machine et les taches de sang. Avant un assaut, les céréales Panpan donnent de l'énergie à la 201e blindée. En permission, on se réchauffe avec un verre de Loony Manson au véritable malt des Highlands. Shell, dans les lance-flammes des miradors ou dans votre moteur, la technologie au service de la sécurité... » Elle ne le supportait pas, mais elle le regardait quand même et le lendemain, elle revenait avec de pleins sacs de lessive Machin et de céréales Panpan.

Moktar m'avait dit : « Je suis un militaire, laisse-moi organiser cette histoire et tout ira bien. » Je lui avais donné une semaine de réflexion durant laquelle je passai mon temps à regarder la télé avec madame Scapone dans l'appartement de l'ancien officier Slovène. Celui-ci allait et venait entre son bureau et la chambre de sa sœur épuisée par ses performances nocturnes. Je le soupçonnais de ne pas vraiment réfléchir à la solution de mon problème, d'ailleurs après une semaine il me présenta une idée qui tenait plus du numéro de cirque que de l'opération commando, une histoire de bombes dissimulées dans un bouquet de fleurs faisant sauter la tête de la jeune Caroline dès qu'elle en approcherait son nez. Madame Scapone s'était moquée de lui, elle avait demandé s'il ne ferait pas mieux d'organiser des cours de broderie, il s'était vexé, avait dit que si nous n'étions pas contents on pouvait essayer de trouver nous-mêmes une idée. La vieille femme avait dit qu'il n'y avait aucun problème, dans deux jours elle aurait une solution. De mon côté, je m'étais aussi mis à réfléchir, mais je ne voyais pas du tout comment approcher la petite chanteuse en tournée sur le front, passer les barrages, les contrôles et puis arriver à m'enfuir. Le désespoir me gagna et je m'imaginai la gorge ouverte par un des acolytes de Jim-Jim ou battu à mort dans un hangar sordide, le rire de Minitrip résonnant comme une ambulance. Cependant, comme promis, après deux jours, madame Scapone nous apporta la solution sur un plateau. Avant qu'elle ait eu le temps de nous l'exposer, Dao Min paniqué nous téléphonait pour nous annoncer l'assassinat du petit champion de mah-jong.

18

Dao Min était déjà très saoul à notre arrivée. Il nous conduisit en titubant jusqu'à l'arrière-petite cour où gisait le corps du champion dans une mare de sang noir qu'un pigeon trouvait à son goût. Madame Scapone dit : « Putain de merde. » Moktar prit Dao Min dans ses bras et le berça doucement en lui disant : « Ils vont payer pour ça, je te le promets. » Moi je restais là, à regarder fixement et à me dire que son crâne fracassé était en grande partie ma responsabilité.

Moktar sortit un grand drap du coffre de sa voiture et y enroula le mort. Dao Min, de plus en plus ivre, pleurait, voulait qu'on renvoie le corps au pays pour qu'il soit enterré sur la terre de ses ancêtres. Moktar dut s'y prendre plusieurs fois pour lui faire comprendre que ce n'était pas possible et qu'il se chargeait de trouver un lieu suffisamment digne pour lui servir de sépulture. Dao Min pleura de plus belle, finit par dire qu'il comprenait et qu'il nous remerciait tous pour notre sollicitude. Moktar l'aida à monter jusque dans sa petite chambre aux odeurs de soja, le déshabilla et le mit au lit. Ces temps-ci, Moktar était un frère pour tout le monde : pour sa sœur neurasthénique, pour moi, et maintenant pour Dao Min.

Dans la voiture madame Scapone nous expliqua le plan devant nous permettre d'éliminer la petite Caroline Lemonseed. « Vous vous rappelez ce type dont je vous ai parlé, qui culpabilisait à cause de la mort de mon mari et toute cette merde qu'on m'avait cachée. Il a une sorte de dette envers moi. Ce que je lui demande, il ne peut pas me le refuser. Alors je lui ai téléphoné et je me suis renseignée, il m'a dit qu'en plus de l'équipe de télé qui allait suivre Caroline durant sa tournée au front, il y aurait une petite division d'une cinquantaine de types pour assurer sa sécurité, vérifier que tout va bien, qu'elle ne retrouve pas chaque soir un maniaque sexuel planqué au fond de son lit. Et puis cinquante types pour assurer sa sécurité, ça fait aussi de la publicité pour sa tournée. Bref, on ne la lâchera pas d'une semelle et tenter quoi que ce soit avec tout ce dispositif autour d'elle relève du suicide pur et simple. Alors j'ai bien réfléchi et je me suis dit que le mieux serait encore d'être parmi ces types. De faire partie de cette division... »

Moktar ricana et demanda comment elle comptait nous faire rentrer là-dedans. Moi je me contentai de soulever le fait que je n'étais pas militaire et que cela se voyait comme un nez au milieu de la figure. Madame Scapone balaya nos objections d'un geste de sa vieille main :

— Pour ce qui est de se faire engager dans cette division, mon camarade culpabilisé m'a assuré qu'il n'y avait aucun problème. L'armée n'est pas aussi organisée qu'on le croit, les dossiers se perdent et se mélangent sans cesse. Les vôtres se retrouveront un jour parmi les quarante-huit dossiers des autres hommes devant constituer cette petite division d'apparat. Ensuite, dit-elle en se retournant vers moi, pour ce qui est de vos aptitudes militaires, je crois Moktar parfaitement capable de vous apprendre le B. A. BA.

Au sourire de Moktar, je vis qu'il était flatté. Tandis que la voiture se dirigeait vers les faubourgs, une pluie fine et froide faisant briller la route comme un miroir, une angoisse de la taille d'un bombardier prenait naissance dans mon cœur. L'enterrement du champion fut sommaire. Pendant que madame Scapone fumait une cigarette dans la voiture, on creusa un trou de quatre-vingts centimètres de profondeur dans un petit bois qui longeait l'autoroute, Moktar arracha quelques dents au cadavre et lui coupa le bout des doigts au sécateur pour qu'il ne puisse pas être identifié et que toute cette histoire reste entre nous. On mit le corps dans la fosse, à la demande de Dao Min je posai à côté de sa tête la pièce « Vent d'ouest » du jeu de mah-jong. Puis on reboucha en vitesse, trempés de pluie et de sueur.

19

Irving Naxos avait été, durant une quinzaine d'années, un des meilleurs électriciens chypriotes. Il parcourait l'île de long en large dans une petit camionnette bleue remplie de câbles, d'instruments de mesure et de pinces, sifflotant entre ses dents des airs traditionnels sans se douter un moment de son terrible destin. Il était pourtant né sous une bonne étoile. Ses parents étaient agriculteurs, modestes mais ne manquant de rien. Son père l'aimait, sa mère aussi. Il ne fut que rarement puni, jamais battu. Vers l'âge de douze ans cependant, il se mit à faire souvent un rêve étrange qui le plongeait chaque fois dans une sombre perplexité. Il était un papillon de nuit géant, volant au-dessus des villes et des campagnes. Il rentrait dans les maisons endormies, se faufilait dans les chambres et faisait du mal aux gens. Beaucoup de mal. Jusqu'à ce qu'ils saignent. Le papillon géant adorait ça. Ça faisait tourner sa tête de papillon. Ça lui donnait des vertiges de plaisir. À tous les coups, Irving se réveillait et se mettait à pleurer. Quand il en parla à sa mère, elle lui expliqua qu'il avait dans la tête un lapin blanc et un lapin noir et que chacun de ces lapins voulait devenir celui qui allait guider Irving. Le jour, c'était le lapin blanc et la nuit, quand il dormait, le lapin noir. Elle lui dit que ce n'était pas grave, que tout le monde était un peu comme ça. Que c'était normal. Alors il continua à faire son rêve. Le papillon faisait de plus en plus de mal aux gens et les gens saignaient de plus en plus. Le matin Irving ne pleurait plus. Tout le monde était un peu comme ça. C'était normal.

Les années passèrent, Chypre devint une île remplie à ras bord de touristes. On parlait allemand jusqu'au plus profond des campagnes. Partout fleurissaient d'infects petits hôtels, trop chauds, trop chers, où l'on dormait sur des lits grinçants et où l'on mangeait des omelettes grisâtres. Et tous ces petits hôtels faisaient appel à Irving qui avait bonne réputation pour installer l'électricité. Irving était devenu costaud. Il ne s'habillait qu'en XXL et s'était laissé pousser une moustache épaisse. Il ressemblait à un cow-boy de *Pale Rider*. Il aimait ça. Tout le monde vous aurait dit qu'il avait le cœur sur la main. Un type adorable qui pouvait faire deux cents kilomètres pour changer un fusible. La nuit il rêvait toujours de son papillon. Il faisait des choses terribles. Les nuits d'Irving Naxos étaient d'interminables boucheries. Mais c'était normal, se disait-il. Tout le monde était comme ça.

Le jour précédant l'événement qui allait changer sa vie pour de bon il avait plu à n'en plus finir. Une grosse pluie méditerranéenne. Un voile d'eau chaude qui tombait tout droit sur l'île. Il y avait des courts-circuits un peu partout. Dès le lendemain, il était sur les routes. C'est près du col de Troghodhos qu'il vit, une centaine de mètres en contrebas, la carcasse renversée d'une petite voiture rouge, arrêtée dans sa chute par une série d'oliviers. Irving se rangea et descendit prudemment la pente. Des herbes sèches et des buissons nains s'accrochaient à son pantalon. Des lézards vert pomme le regardaient de loin. Le sol était rendu humide et glissant par les pluies de la veille et il tomba à plusieurs reprises en jurant.

Près de la voiture, il y avait une odeur d'essence qui planait et qui se mélangeait à celle des olives. Une odeur de zone industrielle, pensa Irving. À travers les éclats du pare-brise, il aperçut deux silhouettes inertes. Les portières résistaient et il dut passer par le coffre en se mettant à quatre pattes. Du sang s'était accumulé dans la voiture renversée, il s'en mit plein les mains et les genoux mais il s'en fichait comme de l'an quarante. Il y avait tout un tas de désordre. Des paniers de plage, des serviettes en papier, un appareil photo. Il agrippa la première silhouette et la sortit de la voiture : une jeune fille blonde au crâne complètement enfoncé sur le côté gauche. Puis il sortit l'autre : un gamin d'une douzaine d'années tout aussi amoché, et il l'allongea à côté de la fille. « Sacré tableau », se dit Irving.

Il savait bien qu'il aurait dû aller chercher du secours mais il ne le fit pas. Il resta un long moment à observer les deux cadavres, celui de la fille, celui du gamin, celui du gamin, celui de la fille. Sans très bien comprendre ce qui était en train de lui arriver. Il s'approcha de la fille, elle avait une vraie tête d'Allemande. Habillée en jupe comme une Allemande, maquillée comme une Allemande. Il lui prit le bras droit, tout froid, tout raide, et le souleva. Il dit : « Heil Hitler ! » Il se mit à rigoler. Puis il remarqua qu'elle avait des jambes rudement jolies et il fut prit d'un léger vertige, le même que celui du papillon et il comprit que le lapin noir était en train de gagner sur le lapin blanc. Il eut un peu peur de ce qui pourrait arriver puis il se dit que c'était normal. Que tout le monde était comme ça. Après s'être occupé de la fille, il se mit à prendre des photos. Le gamin, la fille, la fille, le gamin. Puis il leur lança des cailloux. À deux mètres, cinq mètres, dix mètres. Pas de doute il visait bien. Après une heure, il finit par remonter pour aller faire ses réparations.

Bizarrement, ses souvenirs portant sur la période qui suivit la découverte de la petite voiture jusqu'à son entrée dans l'armée restèrent très vagues. Un journaliste véreux insinua, lorsque Naxos devint célèbre, que de nombreuses coïncidences pouvaient laisser supposer qu'il était le « Boucher des oliviers » qui durant une dizaine d'années enleva et assassina de la plus horrible des façons une trentaine de touristes allemandes. Toujours est-il que, lorsque la guerre éclata, il s'engagea comme volontaire. Son sens tactique, son intelligence, son courage lui firent rapidement grimper les échelons de la hiérarchie. On lui confia une division qui prit le nom de « Pluies de l'automne », une bande de types venus d'un peu partout, pas vraiment des professionnels, d'anciens patrons de motel, d'anciens cuistots, d'anciens chauffeurs de taxi, d'anciens flics, etc. portant tous, brodé au revers de leur veste, un joli papillon noir.

Au moment de mon intégration et de celle

de Moktar, les « Pluies de l'automne » n'avaient mené qu'une seule campagne. Un truc assez simple avec appuis aériens et tout et tout, mais Naxos avait rondement mené l'histoire. On l'avait vu et revu à la télévision. Crasseux, rampant dans la poussière, criant des ordres à ses hommes. Avec sa tête de cow-boy, c'était devenu une star. Il avait signé un contrat avec une chaîne câblée qui était dorénavant la seule à pouvoir le suivre. Naxos était content, les annonceurs étaient contents, la chaîne était contente. Du coup, quelqu'un dans les hautes sphères avait eu l'idée de lui confier, à lui et à ses « Pluies de l'automne », la protection de Caroline Lemonseed. On trouvait que ça faisait un bon mélange, que ça rappelait *Pour qui sonne le glas*, que ça faisait comme un film avec deux jeunes stars et l'on se prenait à rêver d'une idylle entre le militaire et la chanteuse.

20

Madame Scapone avait bien fait son boulot. Nos dossiers s'étaient retrouvés au sommet d'une pile de dossiers quasi identiques sur le bureau de Naxos. Dans ces dossiers, il n'y avait pas grand-chose, juste : nom, prénom, profession, date de naissance. C'était une pure formalité. Ce qui comptait c'était l'impression qu'on faisait au chef des « Pluies de l'automne ».

On s'était retrouvés à attendre, Moktar et moi, dans une petite pièce éclairée au néon. Ça sentait l'eau de Javel et la transpiration. Derrière une porte en laminé, Naxos posait des questions à un grand type maigre qui, comme nous, était venu pour un entretien. Avant de rentrer il nous avait dit qu'il s'appelait Dirk, qu'il était maçon, qu'il avait été viré par un vrai salaud qui le provoquait toujours avec de petits sourires et qui le regardait en douce. Un jour Dirk en avait eu marre et il lui avait dit qu'il fallait arrêter de sourire et de le regarder. Dirk nous a dit que le type n'avait pas arrêté, de la provoc en règle. Dirk avait voulu se battre, il lui avait lancé des outils à la figure : des tournevis, des clés anglaises, et il s'était fait virer. Alors il était venu ici, poser sa candidature pour rentrer dans les milices de Naxos dont on lui avait dit le plus grand bien.

Après un quart d'heure Dirk, le grand maigre, était sorti souriant du bureau.

— Cet homme c'est un génie ! il nous avait dit. Un grand génie ! il voit en vous comme dans un verre d'eau ! Il m'a dit des choses sur moi que j'aurais jamais imaginées ! Il m'a dit que j'étais fait pour être une « Pluie de l'automne ». Maintenant c'est à vous. Peut-être qu'on sera collègues...

Avec Moktar nous étions rentrés dans le bureau. Naxos était en train d'écrire des trucs sur un bout de papier. Il avait une tenue vert kaki assez simple, pas de galons, pas de décoration, juste le papillon noir brodé sur la poche de sa chemise. On était debout et on le regardait. Un truc étrange se dégageait de lui. Quelque chose qui mettait un peu mal à l'aise. Un truc indéfinissable. Au mur, il y avait des photographies de Chypre, une ou deux coupures de presse parlant des milices et le dessin d'une fille à poil devant un tank. Après une bonne minute, il leva les yeux et nous dit de nous asseoir. Il nous regarda, ses yeux étaient noirs et brillants comme des olives. Ses sourcils ressemblaient à deux buissons de genévrier.

— Je ne vais pas vous demander pourquoi vous voulez faire partie de mes milices. Tout le monde a ses raisons et toutes les raisons sont bonnes. Les raisons, je m'en fous.

Il parlait sans accent. Puis il s'était mis à nous regarder fixement. Ses deux olives pointées sur nous. Les deux petits buissons, objets d'une infime agitation. Je me rappelai les paroles de Dirk à propos du verre d'eau.

— Tout ce que je veux savoir c'est si vous avez des nerfs et du ventre. Si vous avez pas de nerf et pas de ventre votre place est dans les forces régulières ou dans le civil. Vous me comprenez?

Moktar et moi avions hoché la tête.

— Montrez vos mains! il avait dit.

On lui avait tendu nos mains.

— Les paumes vers le haut!

On avait obéi, il s'était penché en avant et il avait examiné nos mains en silence. Puis il nous avait souri.

— Vous avez du sang dessus. Hein? Tous les deux. Hein? Je vois ça. Je sais pas encore pour vos nerfs et votre ventre. Ça on le saura très vite. Mais j'aime bien vos mains. Regardez les miennes.

Il nous montra ses paumes. Il n'y avait rien

de spécial. Des petites mains carrées bien soignées.

— Vous voyez?

On avait hoché la tête. Mais on voyait rien du tout.

— L'entraînement, la formation et tout ça, ce sont des couilles. Ce qui compte ce sont les mains. Et les nerfs et le ventre aussi. Mais les mains d'abord. Elles sont l'essence du soldat. Si vous avez les nerfs et le ventre en plus, alors vous serez de grands soldats. Sinon vous serez mort. Vous comprenez?

Encore une fois on avait hoché la tête. Mais encore une fois, de tout ce discours un peu confus on avait pas compris grand-chose. Naxos avait encore eu un petit sourire, il nous avait dit qu'il nous aimait bien et que l'on pouvait dès à présent se considérer comme faisant partie des « Pluies ». On allait nous donner des uniformes, une arme, un lit dans la caserne, que bientôt plus rien ne serait jamais pareil, il nous avait dit.

En sortant Moktar était fier comme un coq.

— C'est un génie, il avait dit brusquement, un vrai génie!

Je me demandais où était passé toute sa haine du système militaire. Puis je me rendis compte que je me sentais fier à mon tour.

— Oui, j'avais dit. Un génie!

21

Je m'habituai rapidement à la vie militaire et je pris même goût à ses rigueurs. Il faut dire que, pour les nouveaux arrivants, le régime était plutôt souple. On nous faisait un peu tirer le matin, on apprenait à se servir d'un poste d'émission-réception, on apprenait à lancer des grenades, on faisait un peu de corps à corps en rigolant, on apprenait le langage des cinq doigts : un doigt levé c'était on y va, deux doigts c'était tu me couvres, trois doigts pour attendre, quatre pour se barrer et cinq pour dire à quelqu'un de la fermer. Simple. Moktar était comme un poisson dans l'eau. Très vite son expérience fit de lui un des éléments favoris de Naxos. Dirk, le grand maigre que l'on avait croisé le jour de l'interview, se dépensait sans compter. Il se mettait en colère pour un oui ou pour un non, tirait n'importe comment, ne pigeait rien à l'émission-réception, mais Naxos sentait en lui un incroyable potentiel qui se révélerait une fois sur le terrain.

Les anciens, les miliciens qui avaient participé aux premières opérations des « Pluies de l'automne », nous aidaient dans l'entraînement. Entre eux et nous il n'y avait pas beaucoup de différence. C'était une bande de types complètement hétéroclites, de tous les âges, de toutes formations, adroits ou pas, costauds ou pas, courageux ou pas, extravertis ou ténébreux, mais dont Irving Naxos avait, un jour, aimé les mains. Les anciens nous disaient qu'on allait voir ce qu'était la bagarre, que d'aller au feu, on ne savait pas expliquer l'effet que ça faisait. Que c'était comme de la drogue. Que ça montait au cerveau comme ça, ouaf! Et qu'après on ne voyait plus les choses comme avant. Nous, les nouveaux, tous ces discours sur la guerre et la bagarre, ça nous excitait. On se demandait vraiment comment ça allait être, on se disait qu'être dans les milices de Naxos, c'était être au bon endroit au bon moment d'autant que chaque jour qui passait nous donnait un peu plus l'impression d'être une bande de machines de guerre complètement invulnérables. On tirait comme des dieux, on balançait des grenades avec une précision effarante, on connaissait des prises imparables, au fond de nous, nous le sentions, tout baignait dans l'huile.

La chaîne câblée avec laquelle Irving avait passé un contrat voulait que les « Pluies de l'automne » mènent une ou deux opérations avant le grand tour de la petite Caroline Lemonseed qui coïnciderait avec la sortie de son nouvel album. Des opérations faciles avec des vrais bons et des vrais méchants. Des opérations dont le déroulement pourrait asseoir une fois pour toutes dans l'esprit des spectateurs la réputation des milices. Des opérations, enfin, pour lesquelles les annonceurs devraient payer une fortune et qui rapporteraient un maximum d'argent à la chaîne. Naxos n'y vit aucune objection, le papillon noir avait toujours aimé être sous les feux de la rampe et il choisit un matin grisâtre pour nous réunir dans le petit terrain de manœuvre et nous dire d'être prêts, que quarante-huit heures plus tard nous serions embarqués dans des camions pour une direction tenue secrète, qu'on allait voir si les anciens aimaient toujours en découdre et si les nouveaux en avaient vraiment, des nerfs et du ventre.

22

Après l'inexplicable crise de rage de Nicotine qui avait failli me coûter la vie et nécessité, Dieu lui rende grâce, l'intervention de la petite étudiante en médecine, l'atmosphère régnant dans ma chambre de malade se détendit un peu. Cette vieille folle venait toujours s'occuper de moi, passant plusieurs fois par jour dans ma chambre, contrôlant les prises et les tubes, les oscillations ésotériques des aiguilles et les petites lumières blafardes des cadrans, disant chaque fois : « C'est bien, oui, c'est bien. » Et en effet c'était bien. Je bougeais la tête, la main droite et un peu l'épaule. Ces grands progrès me faisaient nourrir de grands projets, peut-être demain arriverais-je à déplacer mon oreiller, à retirer seul ma couverture ou même à manger sans aide. J'étais dévoré par les ambitions les plus folles et je commençais même à me détendre.

Cependant un nouvel événement, aussi effrayant que l'agression dont j'avais été l'objet, vint jeter un nouveau froid sur mon moral et rendre plus mystérieuses encore les intentions des gens qui m'entouraient dans ce foutu hôpital. Cela se passa durant la nuit. Je dormais d'un de ces demi-sommeils de malade. Des bouts de rêves m'envahissaient comme des vagues. En montant et en descendant. J'avais un peu la nausée, un peu la tête qui tournait, les yeux ouverts fixant depuis des heures l'angle du mur d'en face. À cause des médicaments, j'avais la langue aussi sèche et dure qu'une planche de contreplaqué. La porte de la chambre s'ouvrit doucement et je vis une silhouette d'homme se diriger vers moi. Elle s'arrêta devant mon lit. Il faisait trop noir pour que je puisse voir un visage mais ce qui était sûr c'est que ce n'était pas le médecin chef. C'était quelqu'un que je n'avais jamais vu. La silhouette resta immobile plusieurs secondes à me regarder. Mon cœur battait à grands coups dans ma poitrine. Ce type aurait pu me faire n'importe quoi sans que je puisse me défendre.

— Y fait trop sombre. Faudrait allumer la lumière sinon ça va rien donner..., fit la silhouette à voix basse en direction de quelqu'un qui était resté derrière la porte.

La voix derrière la porte répondit. Je reconnus la voix de la petite étudiante.

— Non, non. Essaye avec le flash. Si t'allumes la lumière ça se verra de l'extérieur.

— Le flash aussi ça peut se voir...

— Écoute, bordel, c'est toi qui as insisté. Démerde-toi pour que ça ne se voie pas et puis fous le camp...

— OK, OK. Je fais ça au flash.

Et là, wam! wam! wam! Voilà la silhouette qui m'envoie trois coups de flash dans les yeux et qui se tire en vitesse en me laissant complètement aveuglé. Toute la nuit je m'étais demandé en quoi la photo d'un pauvre type sur un lit d'hôpital pouvait être tellement excitante.

23

Mon doux Moktar,

Sans toi le temps s'écoule plus lentement que du sirop d'érable, les journées se ressemblent les unes les autres et sont d'un ennui épouvantable. Ta sœur continue de sortir du soir au matin. J'ai essayé plusieurs fois de discuter avec elle et de lui faire comprendre qu'elle gâchait sa jeunesse à traîner comme ça, mais elle n'écoute rien. Elle dit juste qu'elle n'est pas jeune mais que c'est moi qui suis vieille. Et elle dit que s'il y avait eu quelque chose à gâcher, ça avait été fait depuis longtemps par son frère et son salopard de copain. La seule chose que je peux encore faire pour elle est qu'elle trouve un lit avec des draps propres et un bon petit déjeuner. Dao Min se console lentement de la mort du petit étudiant. Il a accroché sa photo dans le restaurant, au-dessus de la caisse, dans un cadre en bambou. Je lui ai dit qu'il était sûrement au paradis maintenant mais il m'a dit qu'il était bouddhiste tendance Véhicule Intermédiaire et que quand on est bouddhiste tendance Véhicule Intermédiaire et qu'on meurt, on va dans un des crans d'une roue dentée qui tourne dans l'espace et que ce n'est pas aussi drôle que notre paradis. Il m'a quand même remercié pour ma sollicitude. Tous les jours je regarde à la télévision l'émission présentée par l'aviateur. Il parle beaucoup de la petite Caroline, il a fait toute une émission spéciale pour annoncer la tournée sur le front. Elle était venue avec ses parents et des tas de vedettes. Elle est vraiment charmante. Toute simple avec un visage d'ange. Il y avait même Jim-Jim Slater. J'ai bien ri en pensant combien ça devait lui coûter d'être là mais je suppose qu'il se dit que la petite n'en a plus pour très longtemps. Sale type! Quand je pense que c'est à cause de lui et du sale fric de sa maison de disque qu'on en est là. Enfin, n'y pensons pas. Salvatore disait : « Pas de regrets, des projets. » Ils ont passé un reportage sur la guerre. Toujours le même truc. Ils ont expliqué où on en était avec tous ces salopards et ce qu'ils faisaient aux prisonniers de guerre. Un type qui s'était échappé racontait que des gardiens drogués jusqu'à l'os les attachaient avec du barbelé, leur coupaient les mains, leur crevaient les yeux et d'autres trucs mille fois pire qu'on pouvait pas dire à la télé.

Mon chéri, sois prudent, tu me manques tellement. Depuis ton départ un grand trou s'est ouvert dans ma poitrine et il s'en échappe toute mon énergie. Souvent je prends tes lettres dans la petite boîte en fer. Juste pour regarder ton écriture. La voir me donne la force dont j'ai besoin pour tenir jusqu'au soir. Tes bras sont des arbres brûlants, tes jambes des colonnes en marbre rose, ton corps un rocher battu par le vent. Sois prudent, bonjour à tout le monde. J'espère que tout se passera bien avec Lemonseed.

Moktar m'avait lu la lettre de madame Scapone dans le camion nous conduisant jusqu'au poste avancé où Naxos avait rendez-vous avec l'ancien aviateur et son équipe de télévision. Sa voix vibrait d'émotion. Il me demanda ce que j'en pensais et si, comme à lui, les paroles de cette femme merveilleuse me donnaient envie de pleurer. Ce matin-là un jardin de fleurs était né dans le cœur de Moktar.

Par contre, l'ambiance qui régnait dans le camion était tout sauf amusante. Nous nous étions levés à l'aube, nous nous étions réunis dans la cour du centre d'entraînement pour recevoir les dernières instructions de Naxos et on nous avait embarqués dans deux camions, glacials, crasseux, inconfortables à souhait et manifestement conduits par des chauffeurs ivres. La crasse, le froid, l'inconfort et l'ivrognerie, voilà que les débutants que nous étions faisaient connaissance avec les premiers aspects de la véritable vie militaire. Dirk tirait une tête jusque par terre, col relevé, ronchonnant contre l'hiver et contre sa mère qui l'avait mis au monde à la pire des époques. La dizaine d'autres types qui étaient avec nous la fermaient, trop fatigués et trop refroidis pour dire quoi que ce soit. Tout le monde était un peu angoissé à l'idée de nos premières opérations. Nous avions rigolé avec ça pendant les semaines de formation, mais maintenant on se demandait vraiment quel effet pouvait bien faire une balle dans le ventre ou un éclat d'obus dans la figure. On se demandait comment c'était une vie sans jambes ou sans bras, une vie à plus rien y voir et enfin à quoi ça pouvait servir qu'on se les gèle, qu'on nous réveille à des heures impossibles, que les camions militaires soient aussi pourris, si ça aidait à gagner la guerre ou si c'était juste à l'image de l'univers, nul du centre à la périphérie. Le silence qui régnait était aussi lourd et sombre qu'une carcasse de cheval. En quelques heures, la ville et ses faubourgs ne furent plus qu'un souvenir, et ce qu'on voyait maintenant à travers les bâches des camions était une campagne brunâtre, boueuse, vidée de toute vie humaine, abandonnée aux corneilles qui nous regardaient passer d'un sale œil.

On roula quatre heures durant avant de

faire une halte sur une aire autoroutière en piteux état. Des soldats d'une autre division y avaient établi un poste relais dans ce qui avait du être un restaurant self-service. Les fauteuils en plastique étaient cassés pour la plupart, les tables jonchées de déchets, les urinoirs débordaient, mais tout le monde avait l'air de se foutre royalement de tout ce bordel. On allait même jusqu'à en rajouter. On y reçut du café, des sandwichs humides et on nous fit rembarquer dans le camion. Naxos nous avait dit : « Vous sentez, ça commence à sentir la guerre. Faut avoir l'habitude pour sentir ça. Il y a à la fois quelque chose en plus et quelque chose en moins. »

Moktar approuva :

— C'est exactement ça, la guerre. C'est dans les odeurs. Quelque chose en plus et quelque chose en moins.

Moi, à part l'odeur de mazout et de la pisse je ne sentais rien. Je mis ça sur le compte de mon manque d'expérience. On roula encore quatre bonnes heures. L'autoroute était dans un état épouvantable. Pas entretenue depuis des années. Plus de marquages au sol, le chaud et le froid avaient creusé des chapelets de nids-de-poule, les sorties indiquaient des villes rasées de la surface du globe depuis des mois et dont il ne restait au loin qu'un vague clocher, l'ombre d'un centre commercial ou les carcasses sinistres des HLM qui faisaient penser, sur le fond gris du ciel, à des squelettes d'iguanodons dans un musée d'histoire naturelle. Nous étions, ce coup-ci, tout près du front, à quelques encablures à peine. On entendait, à une dizaine de kilomètres, tourner les hélicoptères, on croisait des camions comme le nôtre, qui allaient et venaient remplis de types aussi fatigués, aussi frigorifiés et aussi énervés que nous.

— Quand il faudra se battre, je penserai à mon ancien patron, ça va me rendre méchant, avait dit Dirk.

— Quand il faudra se battre tu ne penseras à rien, avait dit Moktar. Ton cerveau va se vider en deux secondes. Et ça va te faire un drôle d'effet. Des vertiges et des nausées. On voit rien, on entend rien. On se bat, on gerbe, on fait dans son froc et on tire sur des types qui gerbent et qui font dans leurs frocs. Tu verras. C'est pour ça que la guerre est dégueulasse. C'est que de la merde et de la gerbe.

Ça avait mis tout le monde mal à l'aise. Nous étions tous des héros, nous étions des « Pluies de l'automne », nous avions un papillon noir sur nos uniformes, notre chef s'appelait Irving Naxos, on valait un million de fois mieux que les petits soldats à deux sous que nous croisions sur la route, nous étions des machines de guerre et une machine, ça ne fait pas dans son froc. Personne ne voulait entendre les conneries de Moktar. Le camion s'engagea sur le parking d'un Holiday Inn où nous attendaient le présentateur de télévision, une petite cour d'attachés de presse surexcités, un ou deux bonshommes en manteaux chics et un hélico aux armes de la chaîne câblée.

La journée touchait à sa fin et on avait installé quelques gros projecteurs pour éclairer cette espèce de cocktail mondain. Le présentateur de télé était debout près d'une grande table sur laquelle on avait mis du café et des quartiers de tartes et il nous regardait arriver en faisant un tas de commentaires à quatre types en costard qui semblaient faire le concours de la plus sale tronche de trous du cul de technocrates. On nous fit descendre des camions, un photographe prit quelques clichés et le présentateur de télé s'approcha, une tasse de café dans une main, un morceau de tarte dans l'autre et une petite attachée de presse collée à lui.

— Aaaah, les voilà les nouvelles recrues. Et puis des têtes que je connais déjà...

Il tendit son café et sa tarte à l'attachée de presse et prit Irving dans ses bras. Le photographe s'excita, flash! flash! flash! Comme s'il immortalisait un moment historique.

— Mon vieux, on est contents de vous revoir dans votre élément, on va faire de ces émissions avec vous. Mille fois mieux que la première fois, vous allez voir, à mettre l'audimat en orbite. Il faut que je vous présente à des gens.

Il se retourna et fit un signe à la poignée de sales tronches de trous du cul qui attendaient derrière lui et qui s'approchèrent en essayant de sourire.

— Voilà monsieur Store de chez Kellogg's, monsieur Bone de General Food, monsieur Tuning de chez Petrofina et monsieur Spinning des processeurs Spinning. Chacun à leur tour les types avaient serré la main de Naxos pendant que le présentateur continuait.

— Ce sont nos annonceurs les plus importants. Ils vont financer toute la logistique de la tournée de Caroline, les cinq camions, les bus, la scène, tout le bordel électrique, le service d'ordre pour empêcher ces putains de soldats en chaleur de grimper sur la scène, tout ça c'est avec leur pognon à eux. On aura aussi, pour vous, un hélico et deux équipes au sol équipées avec des stady-cams et des visions de nuit au cas où. Ce sera une belle production.

Les quatre types hochaient la tête. Irving Naxos avait de plus en plus l'air d'une vedette.

24

Personne ne me rend jamais visite. Je m'en suis aperçu hier soir en absorbant à la paille la compote de pomme un peu fade de la clinique. Nicotine tenait le gobelet en regardant ailleurs. Pas de sucre dans la purée, pas de douceur chez Nicotine, pas un geste réconfortant, pas un sourire et je me suis d'un coup senti terriblement seul. Je m'étais demandé pourquoi personne n'avait jamais eu l'idée de me rendre visite. De la part de mes parents c'était normal. Je me demande quelquefois si ma mère se souvient d'avoir accouché. Finalement, c'est peut-être un truc que les femmes distraites arrivent à oublier. Mais qu'absolument personne ne me rende visite, madame Scapone, Dao Min ou même une vieille connaissance, ça, ça me rendait vraiment malheureux.

Depuis peu de temps mon cou a retrouvé sa

mobilité et, en tournant la tête à droite, légèrement penché vers l'arrière, j'arrive à voir un bout du couloir depuis mon lit, à travers la porte entrouverte. Je vois des gens qui vont et viennent, des médecins, des infirmières, des malades qui poussent un baxter devant eux. Une semaine s'est écoulée depuis que le mystérieux photographe introduit par l'étudiante en médecine est venu me tirer le portrait et je n'arrive toujours pas à comprendre pourquoi. Toujours est-il que je me suis mis à détester cette conne de petite étudiante. Sa petite allure de prix Nobel de pacotille avec ses cours sous le bras. Son petit air supérieur qui veut dire que les sales boulots ne dureront qu'un temps et qu'après ça, elle fera chirurgienne ou mettra au point un vaccin contre le cancer. Je préfère encore cette vieille folle de Nicotine. Elle m'essuie la bouche. La compote a fait des taches jaunes sur mon menton et le devant de mon pyjama. Elle les essuie avec la serviette sans sourciller. Je fais un petit mouvement de la tête pour la remercier. Elle me regarde droit dans les yeux. J'ai jamais vu quelqu'un d'aussi triste. Elle se relève et met la main sur la machine qui fait bzzzzz. « Si je l'éteins, tu crèves en deux minutes. J'aurai peut-être des ennuis mais personne ne m'en voudra. Tu peux pas imaginer comme j'en ai envie des fois... »

Je fais encore un petit mouvement de tête pour lui demander de quoi elle parle. Elle se contente de hocher sa grosse tête de vache et de quitter la chambre. Lentement la solitude me perce un trou dans l'estomac et je reste comme un con avec mes souvenirs.

25

Mon doux Moktar,

Merci de m'avoir répondu si vite, j'ai été surprise que le service postal de l'armée fasse si bien son travail. Après tout ce qu'on a dit sur le manque d'organisation... Enfin. Ta lettre m'a fait vraiment plaisir. Moi aussi je pense tous les jours à toi et je prie pour que tu ne te retrouves pas les tripes à l'air comme tu l'as vu en rêve. De toute façon, pour répondre à ta question, même avec tes tripes à l'air je t'aimerai encore, même dans un petit fauteuil roulant, même avec la moitié du cerveau en moins, je t'aimerai toujours. Ne t'inquiète pas pour ça, essaye juste de revenir vivant.

Ta sœur est difficile. Certains soirs elle ne rentre plus, certains soirs elle rentre ivre morte en chantant des airs slovènes, certains soirs elle reste dans sa chambre à pleurer en écoutant des disques de musique classique que "Petit Pois" lui avait offerts.

Comment peut-elle regretter son abominable mari, je ne comprendrai jamais. Comment peut-elle être aussi ingrate vis-à-vis de nous, ça non plus je ne le comprends pas. À ton retour il faudra que tu aies une discussion avec elle. Dao Min me demande souvent de vos nouvelles et il a été ravi d'apprendre que jusqu'ici tout avait été comme sur des roulettes. Il passe tous les soirs m'apporter des plats préparés. Ça me rend service et ça lui donne l'occasion de parler. Il se sent très seul, il dit que les cauchemars de la bataille des Mille Maïs reviennent le tourmenter nuit après nuit comme des nuées de frelons, il dit que si ça se gâte pour vous il faut rester accroupis jusqu'à ce que ça se passe, que c'est comme ça que sur dix mille soldats il a été sauvé.

En tout cas la télévision parle souvent de Naxos et de vous. Ils ont repassé le film de sa dernière opération. C'était vraiment incroyable, il a une de ces présences, un vrai meneur d'hommes. Tu devrais le voir courir, se jeter par terre, balancer une centaine d'ordres par minute. Incroyable. Je n'ai pas bien compris toutes les explications techniques mais il a l'air très ingénieux, il connaît le terrain à fond avant de s'y engager. Pendant la bataille il y a des milliers de petits capteurs un peu partout qui lui disent où sont les hommes, où sont les chars. Tout ça il le doit un peu au département Recherche et Développement. Peut-être que les chats et la mort de Salvatore n'auront pas été aussi inutiles que ça...

Je t'envoie les biscuits que tu m'as demandés et un peu d'argent liquide. Ne dépense pas tout d'un coup. Pense à celle qui t'aime autant qu'elle pense à toi.

Nous avions passé une semaine à l'Holiday Inn qui nous servait de base arrière. On ne savait pas trop ce qu'on attendait. Trois types de la télé restaient avec nous en permanence. Ils étaient marrants, on aurait dit trois frères, deux maigres et un gros, toujours collés ensemble et toujours à s'engueuler. Ils filmaient tout, notre cantine, notre lever, notre coucher. Et faisaient des interviews diffusées tous les jours à la télé, comme un feuilleton. D'après eux les gens s'attachaient à nous. On se fidélisait un public. Le prix des pubs grimpait en flèche aux heures où nous étions là. Ils nous faisaient bien rigoler les trois frères de la télé, avec leurs théories de marketing mais on aimait bien aussi l'idée de devenir célèbres. Dirk avait cassé du sucre comme un malade sur le dos du patron qui l'avait viré. Moktar avait raconté sa vie pour la millième fois. Moi, j'avais balancé un beau tissu de mensonges sur les raisons de ma présence ici.

Dirk trimbalait partout un petit poste de radio réglé sur la chaîne des armées. C'était assez nul : de la pub, des chansons de Lemonseed et des bulletins météo. On se rapprochait de l'automne, plusieurs heures par jour une pluie légère et obstinée venait tremper la tête des soldats et transformer en tas de boue les zones non bétonnées. La radio disait que ça n'allait pas s'arranger, que la pluie allait s'installer pour longtemps et que les températures allaient encore baisser. On allait se les geler. Je me souviens que j'avais un étrange sentiment de vide. Toute l'agitation de ces derniers temps avait laissé dans ma tête la place à une grande plaine grise et humide à l'image de celle qui nous entourait. C'était agréable. Une couche d'ouate qui nous protégeait de la déprime.

Nous ne savions pas trop quand les premières opérations allaient commencer. Il y avait eu quelques jours calmes où l'entraînement était à son minimum et où nous passions des heures à traîner autour de l'ancien hôtel à fumer des clopes en silence. Les autorités militaires avaient fait venir un bus rempli de putes de toutes sortes pour qu'on garde le moral. C'était, disait-on, l'usage. Mais ces filles camées et dépressives, ramassées on ne savait où, ne me disaient pas grand-chose. Puis un hélicoptère de la télé était venu apporter du matériel, des projecteurs, des caméras et la rumeur d'une manœuvre prochaine s'était mise à courir.

Naxos que l'on n'avait plus vu depuis notre arrivée à l'Holiday Inn se montrait un peu plus. Il venait à la cantine avec nous, distribuait des tapes amicales dans le dos d'un peu tout le monde et parlait à chacun sur un ton doux et paternel trahissant sa volonté de resserrer les liens.

Quand il était venu me trouver, j'écoutais une interview de Lemonseed à la radio où elle racontait ce que tout le monde savait déjà de son enfance et de sa découverte de la musique dans la cabine d'un semi-remorque. J'étais assis sur un des fauteuils crasseux du hall de l'hôtel. Sur la grande baie vitrée s'étalaient en lettres vertes à moitié effacées la liste des commodités qu'il y avait eu à cet endroit quelques dizaines d'années plus tôt : piscine, room-service, télévision par satellite. Par une fenêtre ouverte rentraient les odeurs de mazout des camions en stationnement. Naxos s'était assis près de moi et il m'avait demandé si ça allait, si j'étais en forme. J'avais hoché la tête. Sa présence me mettait un peu mal à l'aise. À la radio la fille chantait une histoire de jeune veuve triste à pleurer.

Naxos regarda attentivement le ciel se remplir de nuages gris anthracite comme s'il allait y découvrir quelque chose d'important.

— Tu verras, dit-il. Tout va changer pour

toi. Le monde va changer, l'univers tout entier va changer. Tu vas voir des choses, tu vas faire des choses qui vont te transformer. C'est une transformation merveilleuse tu sais, peu de gens ont l'occasion de changer comme ça. Et après ça, tu vas t'apercevoir que tout est possible, tout ce que tu veux sera devant toi, à portée de main.

Je devais avoir l'air de ne pas comprendre car il me sourit.

— Un jour je te raconterai comment ça s'est passé pour moi. Montre-moi encore tes mains.

Je lui avais montré. Il avait encore souri, il avait dit un truc en grec et il était parti. Dans le ciel les nuages avaient pris toute la place et se serraient les uns contre les autres comme un troupeau d'éléphants dans une flaque de boue. Je m'étais souvenu de la rumeur liant Naxos et le boucher des oliviers qu'avait fait courir un journaliste. J'avais réfléchi puis je m'étais rendu compte que je m'en foutais éperdument. Je m'étais levé pour fermer la fenêtre, la météo avait raison, la température baissait.

26

Je me souviens parfaitement du soir où Irving Naxos nous avait annoncé qu'on y allait pour de bon. Pour la première fois on avait dû enfiler nos parkas fourrées. Des nuages de condensation se formaient devant nos visages. Les trois frères avaient été rejoints par une vingtaine d'autres types de la télé équipés de quatre caméras d'épaule classiques, de micros canons et d'un rail pour d'éventuels travellings. Il y avait aussi deux hommes équipés de stady-cams qui étaient censés nous suivre partout pendant la manœuvre et deux hommes avec des caméras infrarouges au cas où le temps serait trop mauvais. Devant le grand hangar il y avait un gros camion surmonté d'une antenne parabolique, deux véhicules tout-terrain pour les équipes suiveuses et un hélicoptère où le logo de la chaîne venait d'être fraîchement repeint. Ils étaient presque mieux équipés que nous en matériel.

On nous avait rassemblés dans la salle de conférence de l'hôtel. Derrière une grande table, l'ancien aviateur et Naxos nous regardaient arriver en discutant. Avec Moktar et Dirk, nous nous étions frayé un chemin à travers la foule de la division « Pluies de l'automne » et des techniciens de la chaîne qui installaient leur matériel.

Moktar avait l'air excité par toute cette agitation.

— Ça se précise, il avait dit.

Dirk avait approuvé.

— On va enfin servir à quelque chose.

— Vous imaginez combien ça coûte tout ça, j'avais fait.

— Et combien ça va rapporter, avait fait un type assez costaud en se retournant.

Il avait raison, si on en croyait les bruits qui couraient sur les records d'audience de ces derniers jours, même avec l'investissement en matériel nous étions encore une formidable source de bénéfice. On sentait bien à l'ambiance qui régnait que tout le monde était fier, que l'époque où certains d'entre nous n'étaient que de pauvres ratés était bel et bien révolue. Aussi merdeuses et sans intérêt qu'aient pu être nos vies, nous avions à présent un statut et une fonction où se mêlaient prestige et intérêts financiers. Lentement, on le sentait bien, nous nous rapprochions de ce qui ressemblait au centre du monde et c'était une sensation délicieuse.

Un technicien leva le pouce en direction de l'ancien aviateur devenu présentateur de télé pour lui indiquer que tout était prêt. Un drap bleu nuit avait été tendu sur le mur du fond, une musique de générique se mit en route. Nous avions trouvé trois chaises en plastique au premier rang. Les derniers arrivés se contentaient de rester debout au fond de la salle. Une maquilleuse vint faire un raccord, un projecteur éclaira Naxos et l'aviateur qui affichaient des airs naturels de types habitués à ce genre de cérémonial.

Le technicien refit un geste en direction des deux hommes et les caméras se mirent à tourner. « Depuis des semaines vous avez suivi la vie de ces hommes, vous avez appris à les connaître, ils sont entrés chez vous, vous les connaissez par leur visage et par leur nom, ils sont aujourd'hui presque de votre famille, dit l'ancien aviateur en lisant le prompteur placé à côté de la caméra. Ce soir est pour eux un soir très particulier car demain ce sera le baptême du feu, demain ils passeront la ligne de démarcation pour leur première opération en zone ennemie. Et puisque ce sont des "Pluies de l'automne" cette opération sera bien la plus dure et la plus dangereuse que nos hommes auront à mener depuis plusieurs mois. Rien ne leur sera épargné. Les tireurs embusqués les plus vicieux, les mines les plus meurtrières, les commandos suicides les plus fous. Ils seront tous au rendez-vous. Et vous aussi vous serez là. Pour les suivre dans leur aventure. Je laisse la parole à leur commandant Irving Naxos qui leur expliquera en direct sur cette chaîne les détails techniques. »

Il se rassit. Sur un écran de contrôle il y avait maintenant de la publicité. Personne ne disait un mot. Tout le monde digérait la nouvelle : ce serait donc bien demain qu'il faudrait y aller. Malgré moi, mon imagination s'était mise à fonctionner à toute vitesse, j'entendais presque siffler les balles au-dessus de ma tête, je sentais les éclats d'obus me rentrer dans les jambes. Ça me faisait un drôle d'effet toutes ces idées. Pas vraiment de la peur, pas vraiment de l'excitation. Plutôt l'impression de ne plus tout à fait m'appartenir. L'impression d'être complètement extérieur à tout ça. Je me suis vu assis à côté de Moktar qui mangeait une pomme et de Dirk qui bâillait. Au milieu de toute une bande de pseudo-soldats. Et me voir comme ça, peut-être le dernier soir de ma vie, m'a rendu triste. Une petite tristesse piquante roulée en boule dans ma gorge. La pub s'est arrêtée et Naxos a pris le relais. En détail, il nous expliqua comment allait se passer notre première journée à la guerre.

27

Souvent, donc, je fais ce nouveau mouvement avec la tête, en arrière légèrement vers la droite, et je regarde le couloir de ce foutu hôpital à la faveur d'une porte laissée entrouverte. J'y vois passer l'éclair blanc de la blouse d'un médecin, le tablier d'une femme de ménage poussant devant elle en soufflant une cireuse industrielle. J'y vois aussi, mais beaucoup plus rarement, le profil d'un simple visiteur égaré. Depuis hier, il y a quelque chose de nouveau devant ma chambre : deux gardiens. Ils se relayent sur une petite chaise en métal et je ne vois d'eux que l'ourlet d'un uniforme de couleur prune et le bout des chaussures. Chaussures de sport pour l'un, chaussures en cuir usé pour l'autre. Deux gardiens pour un paralytique. Mon cerveau bien qu'endommagé se dit qu'il s'agit plus vraisemblablement de me protéger que de m'empêcher de partir. Ils sont arrivés sur ordre du médecin chef après qu'il eut piqué une crise monstrueuse. Je l'avais entendu appeler Nicotine avec une voix de bouledogue. Puis il avait dit :

— C'est quoi ce cirque, bordel ? Vous avez vu ça ? On en parle dans trois journaux, avec des photos prises ici ! Dans sa chambre ! Dans mon département ! De quoi on a l'air putain ? D'un hôpital où l'on rentre comme dans un moulin. Un type du ministère vient de m'appeler au bord de la crise de nerfs ! Il m'a dit que s'il y avait la moindre manifestation, le moindre trouble de l'ordre public il m'en tiendrait pour responsable ! Et vous savez ce que ça veut dire responsable ? Ça veut dire viré à coups de pied au cul !

Puis le médecin chef avait appelé la petite étudiante en médecine, sur le même ton de chien. Elle avait rappliqué ventre à terre.

— Qui est responsable d'après vous ? Pas grand monde a accès à ces chambres, je vous jure que quand je le trouverai, je le fous en l'air !

— Ch'ais pas monsieur, ch'ais vraiment pas, répétait la petite étudiante.

Moi, depuis mon lit je pensais : « Salope de menteuse, c'est toi qui l'as laissé rentrer ici ce photographe... » Si j'avais su parler je l'aurais bien dénoncée. J'aurais bien réduit la perspective de sa brillante carrière à un minable tas de cendre.

Je ne comprends rien à ce que je suis devenu. Pour la millième fois mes yeux se tournent vers le plafond. À force de rester allongé sur de mauvais draps je sens des brûlures au niveau des omoplates, des reins et des coudes. La douleur c'est déjà quelque chose, je me dis, un peu le début de la vie ?

Un moineau rachitique est venu se poser sur le rebord de la fenêtre. Sa tête est agitée par une quantité de mouvements mécaniques à gauche, à droite, en haut, en bas, à gauche... Ses pattes ressemblent à des mains de vieille femme et ses yeux noirs, aussi petits que des têtes d'épingle, sont comme ceux d'Irving Naxos le fameux matin de notre première opération, alors qu'il supervisait sur le parking glacial de l'hôtel les préparatifs de ses « Pluies de l'automne ».

28

Il faisait un froid de réfrigérateur. On s'était réveillés en claquant des dents. Naxos nous avait dit de prendre une douche et de bien nous peigner car aujourd'hui les trois quarts du pays étaient vissés devant le poste pour nous regarder. Pas question d'avoir une sale gueule. On s'était donc tous rasés et on s'était tous peignés. Moktar avait même mis du gel, ce qui lui donnait un air un peu idiot de gondolier à deux francs mais on n'avait rien dit. On avait enfilé nos tenues puis nous étions descendus dans le hall où deux stagiaires de la télé nous avaient distribué nos vestes spéciales opérations. Sur le dos de celle de Dirk était écrit en grosses lettres bleues : « Spinning Inside ». Sur celle de Moktar s'affichait une pub de chocolat à tartiner et sur la mienne on avait brodé une image de fauve buvant une canette de bière. On était parés.

Sur le parking, les différentes équipes de techniciens étaient déjà au travail. Les trois frères qui avaient l'air crevés à force de s'être engueulés, depuis l'aube, filmaient notre sortie. Dès qu'ils voyaient la caméra les types bombaient le torse, prenaient un air méchant et blasé à la fois. Parfois un con faisait un signe de la main et ça faisait râler les trois frères qui voulaient qu'on fasse comme si de rien n'était.

Trois camions bâchés nous attendaient, encadrés par deux petits blindés qui avaient dû arriver pendant la nuit. Le soleil se levait, à peine plus brillant qu'une ampoule de vingt watts, le ciel avait la blancheur laiteuse de la glace. Avec Moktar et Dirk, nous étions grimpés dans un des camions, la fermeture Éclair de nos vestes remontée jusqu'à la gorge, les mains dans les poches. « Ce que j'aime pas quand il fait froid c'est que tout fait plus mal, avait dit Dirk. La moindre égratignure, la moindre bosse fait un mal de chien. »

Moktar lui avait dit de fermer sa gueule. Qu'il avait mal à la tête, que c'était presque encore la nuit, qu'il y avait à peine une demi-heure il rêvait des seins de sa femme et qu'il n'avait pas du tout envie qu'un con vienne lui parler de froid, de bosses ou d'égratignures. Moktar était nerveux, Moktar avait le moral dans les talons, l'absence de madame Scapone lui rongeait le cœur, lui rendait la vie aussi désagréable qu'une nuit de sommeil sur une planche à clous. De mon côté, qu'il soit dans un état pareil ça m'inquiétait. J'avais besoin de lui pour ce qui allait suivre, s'il lâchait maintenant, toute idée de nettoyage de Caroline Lemonseed pourrait être considérée comme définitivement irréalisable et ma transformation en raclure de fromage de tête par l'équipe de psychopathes aux ordres de Jim-Jim Slater comme très concrètement imminente.

Les trois camions et les deux chars finirent par se mettre en route. Les deux véhicules tout-terrain de la chaîne nous suivaient et, au-dessus de nous, nous entendions le bourdonnement sourd de l'hélicoptère où se trouvait l'ancien aviateur. À cette heure, en ville, à des centaines de kilomètres, des gens aux yeux bouffis de sommeil venaient d'allumer leur télé pour nous suivre en direct.

La route en mauvais état fit place à une route dans un état encore plus lamentable. Du revêtement d'autrefois déchiré par les intempéries, il ne restait que de la boue, des trous et des graviers qui frappaient les carrosseries avec des bruits de percussions africaines. Naxos avait fait circuler des thermos de café, du pain et des amphétamines pour nous réveiller. Du coup, après la semi-léthargie du matin, nous

nous sentions à présent dans une forme excellente. L'air froid qui rentrait dans nos poumons nous donnait l'impression d'être du carburant pour moteur d'avion. Les paysages désolés de champs de betteraves et de villages en ruine nous apparaissaient comme autant de formidables alexandrins et le ciel crasseux comme la promesse d'une journée magnifique.

Le camion quitta l'autoroute défoncée et s'engagea dans ce qui restait d'une zone de banlieue. De grandes tours vides aux façades criblées par les balles et les obus, des carcasses rouillées de voitures, des feux de signalisation borgnes, des arrêts d'autobus tordus et noircis. Des chats faméliques filaient devant nous ventre à terre. Ça sentait la mort à plein nez.

— La guerre, c'est quelque chose en plus et quelque chose en moins, dit Moktar reprenant les paroles de Naxos.

— C'est comme ça que je l'imaginais, fit Dirk. Un vrai tas de merde.

— Ça, c'est rien, c'est juste le décor. Faut encore voir le film. C'est ça la vraie merde.

On nous fit descendre. Naxos nous dit qu'on allait faire le reste à pied. La veille au soir il nous avait expliqué qu'à un ou deux kilomètres de l'endroit où nous étions, au beau milieu des restes de cette citée pourrie, se trouvait un vrai repère plein à ras bord d'une bande de pauvres lopettes de faces de rats que l'armée régulière essayait de déloger depuis des semaines. Ils avaient des fusils à lunette, quelques grenades et, à part un chat de temps à autre, plus rien à bouffer depuis des semaines. D'être mal nourris les empêchait de bien viser, ils ne voyaient plus très clair et avaient les bras qui tremblaient. On ne risquait du coup pas grand-chose à condition d'être prudents. Naxos nous avait aussi mis en garde contre les pièges improvisés qui traînaient un peu partout, fallait marcher sur des œufs.

L'hélicoptère retransmettait deux types d'images : les images que les téléspectateurs recevaient chez eux, et les images qui étaient directement envoyées dans le blindé où se trouvait Naxos et deux techniciens, grâce auxquelles il avait une vision globale du terrain d'opérations. Il nous avait dit de nous séparer en petites unités de trois hommes, de laisser quelques mètres entre chacune de celles-ci et d'avancer comme ça droit devant nous jusqu'au repère des mangeurs de chats. Les ordres allaient nous arriver directement par oreillettes. De leur côté les trois frères, les types avec les caméras d'épaule classiques, les deux stady-cams, les équipes aux caméras infrarouges et les deux petits véhicules, tous pourraient se déplacer comme bon leur semblerait dans toute la zone d'opérations.

— Ces connards ne sont pas soldats et ils peuvent faire ce qu'ils veulent. Ils s'en foutent complètement d'être dans nos pieds ou de faire foirer l'opération du moment qu'ils ont leurs images, avait dit Moktar en allumant une cigarette. Dirk avait essayé de répondre.

— C'est quand même eux qui paient une bonne partie de tout ça. Ils sont un peu chez eux.

— On verra si tu les trouves toujours aussi sympathiques quand ils viendront te filmer en gros plan en train de crever dans un tas de merde.

Dirk avait balayé cette éventualité d'un regard vers le ciel, mais il n'avait plus rien dit.

Les équipes s'organisèrent rapidement selon les sympathies des uns et des autres. Naturellement, Moktar et moi restions ensemble et, un peu forcés, un peu agacés, nous avions accepté que Dirk fasse le troisième. Dans le vent coupant du début de la matinée, nous nous étions finalement mis en route. Personne ne parlait plus. Moktar avait un air tendu que je ne lui connaissais pas. Dirk tirait moins son nez et avançait la tête rentrée dans les épaules. Devant nous, s'élevait la forêt bétonnée d'immeubles à appartements de la banlieue. À gauche comme à droite nous sentions la présence des autres unités de trois hommes et, d'au-dessus de nos têtes nous parvenait le bruit rassurant de l'hélicoptère. Un des petits véhicules tout-terrain de la chaîne de télé passa lentement à côté de nous. Ils essayaient de faire un travelling à travers les fenêtres de l'engin. Machinalement Dirk se redressa. Quand ils en eurent assez ils filèrent vers un autre groupe qui escaladait un tas de gravats à cent mètres.

À mesure que j'avançais, je sentais mes muscles se contracter. Je me disais que quelqu'un nous observait sans doute, le doigt sur la détente, mon cœur en ligne de mire, depuis une de ces fenêtres noircies. Ou bien une mine pouvait être posée à un pas de moi. Sous l'effet des amphétamines, ma bouche était sèche, ma langue était comme du papier de verre.

Moktar mit une main sur mon épaule : « Détends-toi. T'es beaucoup trop tendu. C'est un jour comme un autre. Regarde les nuages, les insectes, le vent. Ils s'en foutent. Le monde est toujours le même que ça soit la guerre ou pas. T'es comme eux, t'es comme tous les jours. Des hommes vont peut-être mourir aujourd'hui, mais rien ne va s'arrêter. Même si toi tu meurs, rien ne va s'arrêter. Ça n'a pas d'importance.

— Putain ! Tu vas me foutre le cafard », avait fait Dirk en se bouchant les oreilles.

Mais, étrangement, les paroles de Moktar m'avaient calmé. Ce qu'il disait était vrai. Tout ça n'avait pas vraiment d'importance.

C'est à ce moment qu'on avait entendu un coup de feu. Paf ! Comme un claquement de doigts. Instinctivement on s'était tous les trois baissés. Je vis les petits véhicules tout-terrain foncer en bringuebalant vers l'endroit d'où était parti le coup, à une vingtaine de mètres de nous et où une division de trois « Pluies de l'automne » s'agitait autour d'une masse sombre posée sur le sol.

Dirk était très pâle, il répétait : « Qu'est-ce qu'on fait putain ? Qu'est-ce qu'on fait ? Comme pour lui répondre on entendit dans nos casques la voix de Naxos nous dire de ne pas bouger.

— Avec ce froid, pas bouger c'est pour se rendre malade, dit Moktar en soufflant sur ses mains. »

L'hélicoptère traça une longue ellipse et vint se stabiliser à la verticale de la masse sombre. La caméra zooma.

— C'est une chèvre, fit la voix de Naxos. Ces trois cons ont descendu une chèvre. On s'en occupe pas, on continue et on se calme un peu.

L'hélicoptère reprit de l'altitude, les types de la chaîne télé remontèrent dans leurs tout-terrain et on se remit en route. On marcha un bon quart d'heure avant de pénétrer dans ce qui restait de la zone d'habitations proprement dite. Les véhicules s'étaient garés sous le couvert des ruines d'un magasin d'alimentation et nous avions attendu que les cameramen descendent avec tout leur attirail. Un des trois frères nous avait rejoints.

— Je vais vous suivre pendant les fouilles d'immeubles, il nous avait dit en installant un système infrarouge sur une petite caméra.

— Par où on commence? avait demandé Dirk.

— On commence par le commencement, avait fait Moktar en se dirigeant vers l'entrée d'une tour d'une dizaine d'étages.

Le cameraman nous avait dit d'attendre qu'il règle le son du micro et nous étions rentrés. Moktar ouvrait la marche.

Là-dedans ça sentait la pisse et le moisi. Ces odeurs-là, c'était la première chose dont on se rendait compte. La seconde chose, c'était qu'une fois la porte refermée derrière nous il faisait noir comme dans un four. On alluma nos lampes de poche. Dans la lumière faiblarde, on vit que pas mal de gens devaient être passés par là peu de temps avant : le hall d'entrée était encombré de boîtes de conserves, de papiers divers, de langes pour bébés souillés, de mégots et de tout un tas de trucs complètement indéfinissables qui s'écrasaient sous nos pieds. Moktar se baissa pour ramasser quelque chose.

— Regarde ça, me dit-il en me montrant un trognon de pomme.

— Et alors ? j'avais fait.

— Il n'est pas pourri. À peine oxydé. Il est là depuis seulement quelques heures.

Dirk avait un air dégoûté.

— Des gens vivent ici, c'est vraiment dégueulasse.

— Ils ne vivent pas ici. Ici, c'est leur poubelle. Ils balancent tout dans la cage d'escalier depuis les étages supérieurs et ça dégringole jusqu'ici. À mon avis, il doit y avoir du monde là-haut.

Le cameraman filma les premières marches qui se perdaient dans l'obscurité. Sur les murs, on pouvait lire dans les rayons jaunâtres des lampes : « Armée = sales fils de putes », « Je baise la télé », « On vous niquera la gueule bande de pédés ». Méditant ces phrases, je suivis Moktar qui avait commencé à grimper vers le premier étage.

On déboucha dans un couloir faiblement éclairé par une petite fenêtre qui se trouvait à une dizaine de mètres devant nous et qui donnait sur une arrière-cour. C'était vraiment la HLM modèle standard, trois portes en contre-plaqué de chaque côté, donnant sur six appartements minuscules, sordides, mais suffisamment bon marché à l'époque pour accueillir un couple au chômage et toute sa marmaille. Du boucan régnait sans doute à cet endroit avant la guerre, il ne restait qu'un lourd silence de tombe et, comme si ça ne suffisait pas à la tristesse générale, le plâtre des murs gorgés d'humidité se décollait par plaques entières. On aurait dit une peau de vieux souffrant d'un formidable psoriasis.

Le cameraman nous suivait en filmant les pubs sur le dos de nos blousons. Il devait se dire qu'il arriverait bien à caser ces images au montage. Moktar se tourna vers nous. Le cameraman fit le point sur son visage.

— Il faut faire ça méthodiquement. Appartement par appartement. Je pousse la porte, vous me couvrez, je rentre.

— Ouaaais! Comme dans les films, s'était réjoui Dirk.

Le cameraman aussi avait l'air content.

— C'est très bon ça, les portes qu'on ouvre brusquement les gens adorent ça!

On se mit en position, Dirk à gauche moi à droite, Moktar devant la porte et le cameraman un peu en retrait. Le Slovène avait compté jusqu'à trois, il s'était cambré vers l'arrière et, d'un violent coup de pied, il avait enfoncé la porte. Crac! On entra tous les trois dans une certaine confusion, Moktar pointant son revolver très rapidement dans tous les sens, Dirk et moi essayant d'y voir quelque chose à travers le nuage de plâtre qui venait d'éclater avec la porte. Finalement, on a fini par se trouver au milieu de l'appartement où il ne restait plus grand-chose à part un canapé complètement pourri et quelques armoires vides. Pendant que nous l'inspections pour la forme, le cameraman filmait la vue sur une rue déserte depuis la fenêtre.

— Y a rien ici. On essaye les autres, finit par dire Moktar.

Le deuxième appartement était en tout point identique au premier, vide, mort, sale avec sur un chambranle de porte des entailles et des noms d'enfants : « François », « David », « Émilie », « Élodie ». Une famille nombreuse. On ressortit pour visiter le troisième appartement, vide lui aussi, les murs garnis de photos de chiens qui nous regardaient la langue pendante.

— Vous avez remarqué? demanda le cameraman.

— Remarqué quoi? fit Dirk.

— Cet appartement a exactement la même taille que le premier.

— Ces appartements sont tous les mêmes, dit Moktar qui n'aimait pas qu'un civil vienne lui dire ce qu'il fallait qu'on remarque ou non.

— Justement. L'appartement qu'on vient de visiter était différent. Un peu plus petit, sûrement un mètre de moins.

Moktar ne dit rien mais ressortit et retourna dans le deuxième appartement, celui avec les noms de gosses sur le chambranle. En regardant bien on remarquait qu'il lui manquait effectivement un bon mètre.

— C'est le métier. Quand on filme, on a des yeux partout, dit le cameraman.

— Je vois pas ce que ça change, fit Dirk. On est pas là pour vérifier le boulot des architectes.

— T'as installé l'infrarouge sur la caméra? demanda Moktar au cameraman.

— Oui. Il faut pousser ici et...

Moktar se saisit de l'engin et regarda dans le petit écran de contrôle en faisant le tour de la pièce.

— Ce mur-là. Il est plus chaud, dit-il en s'arrêtant.

Il sortit un couteau de chasse qui ne faisait pas partie de notre équipement et l'enfonça plusieurs fois dans le plâtre en criant : « C'EST

BON LES ENFOIRÉS. SORTEZ DE LÀ. » Le plâtre tombait par poignées laissant apparaître une structure en bois. Moktar l'attaqua à pleines mains, en arracha des pans entiers révélant ce qui se cachait derrière, un homme pâle et barbu, une femme aux yeux épouvantés et François, David, Émilie et Élodie qui n'avaient pas beaucoup grandi si l'on s'en référait aux entailles sur le chambranle de porte.

29

Deux hommes en costume bon marché sont venus me rendre visite en fin d'après-midi, accompagnés par le médecin chef qui avait le visage de quelqu'un sur qui s'abat soudain une violente averse de soucis. L'un d'eux me filmait avec une toute petite caméra vidéo qui devait coûter une fortune.

— Il peut nous comprendre ? avait demandé au médecin l'autre homme avec un accent d'origine indéfinissable.

— Il entend et comprend tout. Il ne sait juste pas parler, mais je pense que ce problème-là devrait se régler dans les jours qui viennent. Il n'a pas vraiment d'origine physiologique. Ça relève plutôt de la psychologie. On pense qu'il est encore sous le choc. C'est un peu compliqué. Le cerveau est un organe plein de mystère vous savez.

— Et pour sa paralysie ? avait demandé l'autre homme.

— Des améliorations rapides. Très encourageantes. Les choses se remettent en place d'elles-mêmes. On se contente juste de leur donner un petit coup de main. Mais tout ça se trouve de manière plus détaillée dans le dossier médical que j'ai envoyé au ministère, il y a quinze jours.

— Le ministre voudrait juste se faire une idée avec quelque chose d'un peu plus explicite qu'un dossier médical, dit l'homme à la caméra en continuant à me filmer.

— Ce que j'aimerais, ce sont des instructions claires. Avec ce qui s'est passé l'autre jour j'ai l'impression que tout est devenu plus compliqué. On se sent... en danger. Nous avons reçu des lettres de menaces. Mon infirmière craint chaque soir de se faire agresser en sortant d'ici ou en rentrant chez elle. Moi aussi, je ne vois pas ce qui pourrait empêcher un cinglé d'une ligue ou d'une autre de me sauter dessus avec un rasoir et de me saigner à blanc. À part les deux gardes, nous avons l'impression qu'on se fout bien de ce qui pourrait nous arriver.

La voix du médecin s'était mise à trembler vers la fin. Sur sa tempe, une petite veine battait rapidement.

— Je vous rappelle que rien de tout ça ne

serait arrivé si votre négligence n'avait permis à un photographe de rentrer ici. Personne n'aurait été au courant, les ligues n'auraient pas pu profiter de cette occasion pour lancer leur campagne hostile et le ministre aurait pu réfléchir sereinement à une solution, dit l'homme à l'accent.

La petite veine du médecin semblait prête à éclater. Un spasme de colère agita son visage, mais il ne dit rien. Il avait affaire à beaucoup plus fort que lui. L'homme reprit.

— Le fonctionnement d'un gouvernement est aussi délicat que celui d'un cerveau, docteur, certaines situations doivent être gérées avec une prudence de chirurgien, vous comprenez?

— Je comprends, avait-il fini par dire.

L'homme à la caméra avait arrêté de filmer et avait quitté la pièce accompagné par l'homme à l'accent, me laissant seul avec le médecin. Il me regarda longuement sans que je parvienne à comprendre l'expression de son regard. Un drôle de mélange humide entre tristesse, colère, pitié, dégoût et haine. Rien qui puisse me remonter le moral. Plus qu'à tout autre moment j'aurais voulu pouvoir parler, poser des questions, essayer de comprendre et plus qu'à tout autre moment, je souffrais du foutu traumatisme qui retenait les mots enfermés au fond de ma gorge. Le médecin finit par sortir. Il avait l'air perdu. Le gardien à chaussures de sport lui demanda si tout allait bien. Il ne répondit pas. Je passai ce qui restait de la journée à regarder le bleu du ciel se dégrader lentement jusqu'à l'orange et puis au noir. De cette dernière couleur surgirent d'autres souvenirs, sortant de leurs trous à la faveur de la nuit, ils étaient comme les hiboux.

30

« Eh ben merde, ils étaient bien cachés ces cons-là », avait fait Dirk en regardant l'homme barbu, la femme épouvantée, François, David, Émilie et Élodie. L'espace dans lequel se serraient ces zouaves crasseux avait été aménagé de façon à pouvoir les dissimuler quelques jours sans qu'ils aient à mettre le nez dehors. L'homme barbu avait tout prévu : une ampoule reliée à une batterie neuf volts, une bassine en fer pour les besoins pressants et des couvertures pliées sur le sol. En se poussant un peu ils pouvaient certainement tenir assis tous les cinq, dos à dos ou face à face. C'était selon... On y accédait par une trappe aménagée dans l'angle gauche du mur, derrière le canapé que l'on pouvait remettre en place avec un système de cordes assez ingénieux. Aux pieds de toute cette petite bande il y avait quelques bidons d'eau et un sac de vieilles pommes qui devait valoir une véritable fortune dans le coin. Dieu sait ce que l'homme avait dû faire ou vendre pour les obtenir.

Moktar et moi les tenions en joue pendant que le cameraman filmait la scène. Il se passa un instant assez bizarre où personne ne fit rien, ni nous ni eux, et où des deux côtés on réfléchissait à toute allure sur la marche à suivre. C'est l'homme barbu aux yeux épouvantés qui brisa le silence.

— Ne faites rien, je vous en prie. Ça fait des jours qu'on est là. On fait rien de mal. On n'embête personne. À force de ne rien boire ma femme a des problèmes aux reins, elle dit qu'elle a l'impression d'avoir du verre pilé dans le bas du dos. On vous a sûrement raconté des trucs sur nous, mais on a rien à voir là-dedans. Le terrorisme, on trouve ça lâche et dégoûtant...

Pendant qu'il parlait comme ça, avec sa voix tremblante, Moktar s'était approché de lui, il s'était planté juste en face et il lui avait lancé un regard dont la température avoisinait le zéro absolu. Le barbu épouvanté avait fini par arrêter de parler et il avait baissé la tête comme s'il s'était attendu à ce qu'une grosse pierre lui tombe dessus. Moktar avait parlé :

— Menteur, il avait dit. Sale menteur. Il avait saisi le col du barbu. Il l'avait tiré vers le bas en dégageant l'épaule droite et s'était tourné vers nous.

— Regardez !

On regarda. Le cameraman zooma. Il nous montrait un point sur l'épaule.

— Vous voyez ?

On regarda mieux, mais on ne voyait pas grand-chose à part un bout de peau blanchâtre. Élodie avait commencé à pleurnicher. François, David, Émilie et leur maman étaient comme trois statues de marbre.

— Vous voyez le bleu qu'il a sur l'épaule ?

Très honnêtement je n'ai jamais su s'il y avait un bleu ou pas sur l'épaule du type, toujours est-il que Dirk avait dit :

— Ah ouais, je le vois.

Et que le cameraman qui s'était déplacé pour avoir les deux hommes de profil avait dit qu'il le voyait aussi.

— Cet endroit c'est pile là où se pose la crosse de son fusil. Le bleu c'est à cause du recul.

— Mais je n'ai pas de fusil. Je vous jure, avait dit le barbu qui gardait les yeux baissés.

— Mais moi non plus. Personne ici n'a de fusil, avait répondu Moktar.

On rigola, puis le cameraman nous demanda d'attendre un instant qu'il installe un peu de matériel. Il sortit de son sac un projecteur sur pied et un réflecteur histoire « d'avoir une meilleure lumière que cette lumière pourrie ». Toute la petite famille des épouvantés gardait le silence et les yeux rivés au sol sauf Élodie qui pleurnichait toujours en nous regardant. Au bout d'un moment le cameraman dit que c'était bon, qu'on pouvait continuer.

Moktar s'approcha des membres de la famille et dit que s'ils ne voulaient pas avoir d'ennuis, ils allaient devoir faire exactement ce qu'on leur disait.

31

Trois jours. Je ne sais pas ce qui s'est passé. Quel mystérieux phénomène chimique a fini par se produire à l'intérieur de mon cerveau et qui me fit l'impression d'un élastique tendu au maximum qui soudain se rompt : CLAC !

Je sentais mes jambes, je sentais mes bras et, malgré mes muscles presque totalement disparus je pouvais bouger. Je pouvais, en tremblant un peu, me redresser et je sentais que ma mâchoire et ma langue avaient retrouvé toute leur mobilité. J'aurais pu me mettre à parler. Je le fis d'ailleurs, tout seul dans ma chambre. Je dis mon nom plusieurs fois, je dis : « Caroline », « Caroline », « Caroline », et puis, en repensant à Nicotine, je dis : « Salope », « salope », « salope ».

C'était la nuit, la porte de la chambre était fermée et j'étais sûr à cent pour cent que le gardien qui était derrière dormait profondément. De pouvoir enfin bouger après des mois et des mois d'immobilité, ça m'avait rendu dingue. J'avais enlevé la petite aiguille du baxter qui me rentrait dans le bras gauche, j'avais enlevé le petit tube qui me rentrait dans le nez et la petite sonde qui me rentrait dans la queue. J'étais comme un bateau qui vient de larguer les amarres. Je réussis à me mettre en position assise. Je tremblais comme une feuille. Même les muscles de mon cou avaient fondu, ma tête me donnait l'impression d'être un bloc de fonte posé sur un morceau d'ouate. J'étais sûr de pouvoir réussir à me lever, il fallait que j'essaye.

J'étais resté cinq minutes assis, à poil au bord de mon lit, les pieds sur le lino tiède, à rassembler mes forces, et puis je m'étais lancé, une bonne poussée dans les jambes. Je m'étais retrouvé debout. Pendant une seconde, j'ai cru que j'y étais arrivé. J'avais vu ma chambre avec une perspective tout à fait nouvelle, elle m'avait paru minuscule, et puis mes jambes avaient lâché et je m'étais retrouvé par terre. Une douleur épouvantable irradiait dans mon genou droit, une nausée terrible m'était montée dans la gorge. Je m'étais mis à me traîner vers le lit. Après une minute, tout mon corps s'était couvert de sueur. Finalement, après une heure d'efforts où je m'étais déplacé par une succession de petits mouvements du bassin, je m'étais retrouvé à ses pieds. J'étais une limace frigorifiée. Mes muscles ne répondaient plus du tout, ils étaient liquides et tremblants. Mon lit était haut de dix mille mètres, pire que l'Everest. J'étais resté sur le sol sans plus pouvoir bouger. Je pouvais voir les premiers signes de l'aube derrière les rideaux. J'entendais la vie de l'hôpital se remettre en route après la nuit, les grands pas assurés des médecins, les voix enrouées des malades. Je me demandais ce qui allait se passer quand Nicotine me trouverait allongé sur le sol. Un moment j'éprouvai la peur enfantine d'être puni puis elle disparut. J'étais trop fatigué pour éprouver quoi que ce soit. Un sommeil aussi lourd qu'une dalle de ciment finit par me tomber dessus.

32

Avec le système installé par le cameraman, l'appartement sinistre baignait dans une belle clarté estivale qu'il n'avait jamais dû connaître. La famille des épouvantés avait cligné des yeux jusqu'à ce que Moktar s'énerve et leur dise d'arrêter de cligner et de regarder vers la caméra. Sous cette lumière vive, leur mine était à tel point épouvantable que le cameraman proposa qu'on leur passe « au moins un peu de fond de teint ». Moktar refusa, dit que ça ne ferait pas authentique et qu'on accuserait encore l'armée de truquer les images d'actualités avec des comédiens. Le cameraman demanda alors qu'on se maquille au moins nous, Moktar, Dirk et moi, que ça, aux yeux des annonceurs c'était important, que le support publicitaire ne pouvait pas avoir mauvaise mine, que la mauvaise mine du support il n'y avait rien de pire pour l'image et pour la communication. Moktar avait dit OK, Dirk avait un peu hésité puis avait dit OK et j'avais dit OK. Le cameraman nous passa une couche à tous les trois, il épousseta nos blousons et nous dit qu'on était bons pour les prises.

Les épouvantés nous avaient regardés faire sans, manifestement, rien comprendre à notre manège jusqu'à ce qu'on les mette à contribution. La première prise dut mettre en scène deux soldats (Moktar et moi) apportant le miracle de la barre Snikers, son caramel, ses cacahuètes, son sucre raffiné aux victimes de la guerre. Il fallait que David, François, Émilie et Élodie nous sautent dessus en riant (pas facile à tourner, mauvaise volonté des petits comédiens), tandis que leurs parents versaient des larmes (facile) avec un regard plein de reconnaissance (pas facile). La deuxième prise ressemblait à la première à la différence qu'elle devait figurer les parents apportant des céréales à leurs enfants malades.

Tout ça, avec la mauvaise volonté des épouvantés et le cameraman tatillon, nous prit une bonne heure. Puis, à force de promesses, de menaces, de patientes explications, nous avions fini par avoir deux films, pas excellents mais corrects, nécessitant encore un bon montage, une bonne postsyncro et une musique valable mais présentant, *dixit* le cameraman, « un bon potentiel à l'état brut ».

La journée était déjà bien avancée, à travers les fenêtres de l'appartement des épouvantés on voyait une pluie finement vaporisée sur les ruines de la banlieue. Moktar demanda par radio ce qu'il fallait faire, on nous dit d'attendre un peu, que d'autres équipes étaient encore occupées, mais qu'on pourrait y aller d'ici une demi-heure. On se prit chacun une demi-amphétamine et un Snikers, on regarda en silence par la fenêtre l'hélicoptère de Naxos faire des courbes au-dessus de nous. Émilie s'était remise à pleurnicher : ouin, ouin, ouin. Dirk dit que lui, les gosses, il pourrait pas. Qu'une fois qu'on avait des gosses on en était esclaves toute sa vie et que ça coûtait un argent fou. Moktar dit qu'il n'avait aucun sens de la famille, que chez lui les enfants c'était comme des rois, c'était ce qu'il y avait de plus précieux.

Puis on avait reçu un appel de Naxos nous informant que l'on devait retourner aux camions en vitesse car les autorités militaires avaient décidé d'envoyer des bombardiers pour raser la moitié de la ville.

— Je me demande à quoi ça a servi qu'on vienne jusqu'ici si c'est pour tout faire sauter après? j'ai demandé alors qu'on descendait les escaliers.

— Dans une guerre, chercher à comprendre les ordres qu'on te donne c'est comme chercher un sens à ta vie. Ça ne sert qu'à te rendre malheureux.

Par radio, on nous avait dit de nous grouiller, alors on se grouillait. On voyait converger les autres groupes vers les camions où attendait la seconde équipe de télé. Les types avaient l'air en forme. Nous étions un peu excités par la journée qu'on avait eue, par les amphétamines qu'on avait prises, nous nous sentions les rois. Un journaliste posait des questions auxquelles nous répondions avec désinvolture, nous devenions sûrement célèbres. Nous sentions que nous allions être riches et nous pressentions qu'il n'y aurait plus jamais aucun problème avec les filles.

Les camions s'étaient remis en route. Après dix minutes, venant en sens inverse dans le ciel bouché, de gros bombardiers sombres nous avaient croisés, les soutes pleines d'explosifs divers à l'uranium appauvri. À peine engagés sur l'autoroute le bruit sourd des explosions nous parvint : boum, boum, boum. Bien rythmé. Je repensai aux épouvantés, à David, François, Émilie et Élodie qui seraient sans doute bientôt célèbres à la faveur d'un film publicitaire. Ils ne pourraient jamais s'en réjouir. C'était dommage. L'effet des amphétamines commençait à baisser. Mon moral avec lui.

33

Moktar, mon tendre amour,

La vie sans toi ressemble à un chien malade attaché à un arbre au bord d'une autoroute. Je m'ennuie, tu me manques. Je continue à donner l'apparence de quelqu'un de bien vivant mais à l'intérieur, en ton absence, c'est comme si j'étais morte. Les jours passent devant mes yeux et je les regarde à peine. Ils tombent sans bruit, les uns après les autres, comme des flocons de neige.

Je n'ai plus aucun contrôle sur ta sœur et je n'essaye d'ailleurs plus d'en avoir. J'ai reçu une carte anonyme avec écrit : « Suzy se drogue. » Je lui ai posé la question et elle m'a dit : « Et alors, tout le monde se drogue, toute la ville est camée pauvre conne », et elle a sorti de son sac une seringue en me criant : « T'en veux, j'en ai encore. » Elle me fait peur.

Je suis tous les jours les émissions sur le câble. On vous y a aperçus l'autre jour en train de monter dans des camions. On a assisté en direct à l'arrestation de terroristes planqués dans des égouts. J'ai vu dans les programmes que l'intégralité de votre opération sera retransmise la semaine prochaine. Ils nous ont passé des extraits où l'on vous voit en train de fouiller des ruines et de sauver des gens. Ça excite tout le monde en ville. Dao Min fera une journée spéciale « Pluie d'automne » au restaurant. Dans une semaine, la petite Caroline commence sa tournée. J'espère que tout se passera bien avec elle. À ce propos, ça fait longtemps qu'on a plus vu Jim-Jim. À ce qu'on dit, il reste toute la journée à boire de la vodka. À ce qu'on dit, il mène une vie impossible à Moïse Ben Aaron et à Juan Raul. À ce qu'on dit, les droits d'auteur versés par le Japonais de Sony Music lui permettent à peine de s'acheter cent grammes de beurre. À ce qu'on dit, il ne pense plus qu'au moment où la carrière de Lemonseed prendra fin.

À part ça, ça va, mais avec l'automne j'ai de nouveau mal aux articulations. J'aimerais tellement me coucher contre toi. J'ai besoin de ta chaleur de convecteur à gaz, Reviens vite.

Seize camions transportant chacun plusieurs tonnes de matériel, décors, projecteurs, câbles, haut-parleurs, gradins, instruments de musique, stroboscopes, écrans géants, groupes électrogènes étaient arrivés à l'aube, accompagnés par une bonne centaine de types agités se criant des instructions techniques aux uns et aux autres et nous passant sous le nez comme si nous n'existions pas. Après eux nous avions vu arriver les attachées de presse, toute une bande de filles hypertendues affichant un identique sourire douloureux. Les annonceurs surveillaient tout ça de près. Monsieur Store, monsieur Bone et monsieur Spinning étaient là avec des airs de vieux corbeaux veillant sur une charogne du coin de l'œil. Les employés de la chaîne câblée étaient à bout de nerfs, aucun d'entre eux n'avait eu l'occasion de se reposer entre la fin de l'opération, il y avait trois jours, et l'annonce de l'arrivée pour le soir même de Caroline Lemonseed.

Nous n'avions pas vu Naxos depuis quarante-huit heures. On disait qu'il était dans son bain depuis deux jours à essayer de se faire beau, à essayer de se débarrasser de son odeur de fils de paysan chypriote, à essayer de se donner la tête d'un acteur américain avant une scène romantique avec une jeune starlette. Ça nous faisait bien rire de l'imaginer en ado timide se préparant pour un premier rendez-vous, mais ça nous rendait aussi tous un peu jaloux. Nous aurions donné beaucoup pour pouvoir espérer quelque chose avec la petite chanteuse.

Dirk avait punaisé au-dessus de son lit la couverture du numéro de novembre du magazine *Nantuket* où elle posait, sur fond de plage tropicale, vêtue d'un étonnant bikini en similicuir. Dans les pages intérieures, elle donnait une interview :

Nantuket : Comment vous sentez-vous à quelques jours de votre tournée ?

Lemonseed : Très excitée, très heureuse. Fière aussi de pouvoir apporter ma petite contribution à l'effort de guerre.

Nantuket : Vous serez très proche du front. Cela ne vous effraye pas ?

Lemonseed : Si, bien sûr, un peu. D'un autre côté je sais qu'un important dispositif de sécurité a été prévu. Et puis j'ai reçu tellement de gentilles lettres d'encouragement que je me sentirai là-bas comme en famille.

Nantuket : Les retombées publicitaires de la tournée seront énormes. Que pensez-vous de ceux qui prétendent que vous profitez de la lutte antiterroriste pour asseoir votre popularité ?

Lemonseed : J'avoue que je ne comprends pas. Le terrorisme est une chose tellement terrible que nous devons unir nos forces et non nous quereller. J'aime mon public et il me le rend bien. C'est tout ce que je peux vous répondre.

Nantuket : Mademoiselle Lemonseed merci.

En fin d'après-midi, un minibus noir aux vitres fumées arriva sur le parking de l'Holiday Inn, accueilli par l'équipe télé tous projecteurs dehors et le crépitement des flashs des quelques photographes dûment accrédités. On avait demandé aux « Pluies de l'automne » de se tenir tranquilles derrière une série de barrières pour ne pas gêner le travail des journalistes. Le minibus s'arrêta, un type siffla, un autre applaudit, puis le silence se fit, seulement rompu par le ronronnement d'un moteur qui tournait quelque part. Il se passa une longue minute avant que les portes du bus s'ouvrent en un souffle d'air comprimé et laisse passer Caroline.

34

Je me réveillai sous l'action conjointe de la douleur dans mon genou droit et d'un froid intense qui avait dû s'installer dans mon corps durant toute l'heure que j'avais passée étalé sur le sol. Malgré mon engourdissement, je sentais que la mobilité qui m'était revenue durant la nuit n'avait pas disparu. J'arrivais à agiter mes membres de petits mouvements douloureux pareils à ceux d'un poisson jeté sur le fond d'une barque. Cependant, l'effort trop intense que les quelques secondes de station debout avaient imposé à mes muscles les avait vidés pour un moment de tout potentiel dynamique.

Ma tête était placée de telle façon que je ne voyais que le dessous poussiéreux de mon lit, une plinthe en PVC courant le long du mur et la prise électrique où était branchée une veilleuse rougeâtre, mais quand la porte s'ouvrit je n'eus aucun mal à savoir que Nicotine venait de rentrer dans ma chambre. Elle laissa échapper un « oh » et se précipita sur moi. Elle me fit pivoter sur le dos, mes yeux croisèrent les siens.

— T'as réussi à bouger alors? C'est fini? T'es plus coincé, c'est ça? Et tu vas parler aussi? elle avait dit.

En guise de réponse et sans que je sache pourquoi les mots de la nuit remontèrent brusquement jusqu'à ma bouche : « Salope! » j'avais répondu malgré moi. Ma voix semblait sortie tout droit d'un film d'épouvante, rauque et caverneuse. Nicotine se releva d'un seul coup comme si je venais de la gifler. Depuis le sol où j'étais étendu j'avais l'impression qu'elle mesurait cinq mètres de haut et qu'elle allait m'écraser la tête d'un coup de talon.

— Attends un peu, elle dit. Puis elle sortit.

J'entendis ses pas qui s'éloignaient en frappant brutalement le sol. Après un instant j'entendis devant la porte la voix du médecin chef, de l'étudiante en médecine et de Nicotine qui chuchotaient.

— Il a pu tomber suite à une contraction générale, une sorte de crise d'épilepsie... dit le médecin chef.

— C'est possible, mais c'est rare. Il faudrait qu'il y ait eu un élément extérieur, fit l'étudiante.

Nicotine les interrompit.

— Moi je dis qu'il a repris le contrôle. Il a essayé de se lever, mais puisque ses muscles sont aussi mous que de la mozzarella, il s'est cassé la figure.

Ils étaient rentrés dans ma chambre. J'étais comme Nicotine m'avait laissé, à poil et sur le dos. Je vis que le médecin chef et l'étudiante essayaient d'avoir l'air calme et professionnel mais on voyait clairement qu'ils étaient en pleine crise de panique. Nicotine de son côté me fixait avec un regard de flic qui a senti l'oignon. Le médecin s'approcha de moi, me palpa la nuque et le dos.

— C'est bon, il n'a rien de cassé. On le remet sur son lit.

Ils s'y mirent à trois. Une fois que cela fut fait et que Nicotine m'eut remis les tuyaux et le baxter, le médecin prit un air accablé.

— Vous deux, vous restez ici. Moi je passe un coup de téléphone au ministère. Je crois qu'on peut s'attendre à les voir arriver ventre à terre dans moins d'une heure.

— Et puis? fit l'étudiante.

— Et puis, si les tests révèlent que notre gentil pensionnaire est effectivement débloqué, qu'il peut parler et virtuellement se déplacer par lui-même, on verra défiler ici ce qui se fait de pire en matière de fonctionnaires, de journaleux officiels et de ministres de ce foutu pays.

Nicotine renifla comme si elle connaissait tout ça par cœur et qu'elle en prévoyait les conséquences.

— Les vacances sont finies, fit le médecin chef comme pour lui répondre.

35

Après la laideur des jours que nous venions de passer à l'Holiday Inn, après les visages et les corps défaits des putes gouvernementales, l'apparition de Caroline fut pour nous une sorte de révélation mystique sur la nature des filles, de l'amour, du sexe et du désir.

Caroline Lemonseed n'était pas grande. Elle avait à peine descendu les trois marches du minibus qu'on put s'en apercevoir. Un mètre soixante grand maximum. Avec une corpulence de petite brochette orientale. Mais il se dégageait d'elle quelque chose qu'aucun d'entre nous n'avait dû connaître jusqu'alors et que Dirk, dans un étonnant moment de lucidité, résuma en une phrase : « On dirait un morceau du jour en pleine nuit. »

Elle avait l'air décontracté de la vraie pro. Elle affichait le sourire léger de quelqu'un qui rentre à la maison après une journée de boulot, elle portait une petite robe noire de coupe sobre, un sac en tissu de dimension modeste dans la main gauche et une paire de lunettes de soleil un peu grande et sans aucune utilité à cette heure. De sa main libre, elle nous avait lancé quelques bonjours, des types avaient immédiatement réagi en applaudissant et en criant de vains « Caroline, Caroline... ». Les photographes étaient proches de la rupture d'anévrisme. Ça s'était mis à crépiter de toutes parts. De leur côté, les cameramen la suivaient en avançant à reculons au risque de se casser la figure. Quelqu'un lui avait tendu un micro, et comme si la scène avait été répétée pendant des heures, elle s'en empara et dit, de sa célèbre voix de flûte de pan, qu'elle était contente de nous voir, qu'elle nous remerciait pour notre accueil si gentil, qu'elle était un peu fatiguée après son voyage et qu'elle allait se reposer quelques heures et enfin qu'elle nous aimait.

Une demi-heure plus tard, les « Pluies de l'automne » s'étaient retrouvés dans le grand réfectoire de l'hôtel. Nous y avions reçu une tranche de rôti, de la purée, des airelles et une sorte de cidre mousseux à l'arrière-goût d'acide chlorhydrique qui achevait de donner à ce repas un air de fête. Tout le monde était de bonne humeur. On se passait des amphétamines, des ecstasys, de la benzédrine, de l'herbe et du chocolat au lait, il y avait quelque chose de miraculeux dans l'air qui faisait ressembler la soirée à une veillée de Noël.

Caroline avait été installée dans la suite « Executive » au deuxième étage de l'Holiday Inn. Deux types avaient été désignés pour monter la garde devant la porte, ils y étaient allés sous les applaudissements et les commentaires graveleux. Moktar m'avait entraîné à l'extérieur et m'avait tiré par la manche jusqu'à un coin reculé du parking pour « me parler à l'aise ». Dans la lumière orange d'un vieux réverbère, on voyait que de la neige s'était mise à tomber. De gros flocons descendaient au ralenti sur les blindés et les véhicules des services techniques. Le sol se couvrait d'une mince pellicule blanche et soyeuse.

— Tu dois essayer ce soir, m'avait dit le Slovène.

Je savais de quoi il voulait parler. J'avais pas du tout envie d'essayer quoi que ce soit. J'aurais donné beaucoup pour pouvoir passer le reste de la soirée à boire du mauvais cidre, mais je savais que je ne couperais pas à la corvée d'assassiner la jeune fille.

— Comment je vais faire? j'avais demandé.

— Tu dois faire simple et direct. Tu demandes si tu peux la voir pour un autographe pour ta petite sœur et une fois à l'intérieur, t'hésites pas. Surtout t'hésites pas.

Pendant qu'il parlait, il avait eu ce regard réfrigéré que j'avais remarqué lors de notre rencontre avec les épouvantés. Il m'avait tendu son couteau de chasse.

— Moi je t'attends sous la fenêtre avec une voiture. Un type m'a laissé les clés. Ça m'a coûté cher. Tu sautes, y a cinq mètres, tu te feras peut-être mal mais tu peux pas te tuer. De toute façon t'as pas le choix.

Il avait raison. J'avais pris son couteau, j'avais essayé de me mettre dans le même état que lorsque j'avais fait la peau à « Petit Pois » Roberts et je m'étais dirigé vers l'entrée de l'hôtel.

Devant l'ascenseur qui menait au deuxième étage, il y avait les deux « Pluies de l'automne » qu'on avait désignés pour monter la garde. On ne s'était jamais parlé, mais on se connaissait de vue.

— Je voudrais un autographe pour ma sœur, je peux y aller ? j'avais demandé.

Les deux types s'étaient regardés avec l'air de s'en foutre autant l'un que l'autre. L'un d'eux lança :

— Vas-y. De toute façon, on est ici pour décorer.

Je ne compris ce qu'il voulait dire qu'une

fois arrivé à l'étage. Devant la porte de la suite « Executive » se tenait une sorte de géant aux cheveux blonds avec un visage tellement carré qu'il avait l'air d'avoir été construit avec des Lego. Il me regarda avec un air d'hippopotame méfiant. À nouveau je répétai mon histoire d'autographe, le géant émit un bruit sourd, dit un mot incompréhensible dans un micro-cravate, attendit une réponse et finit par hocher la tête.

— OK, vous pouvez y aller. Il sortit de la poche de son veston un petit détecteur de métal et le passa le long de mon corps. Devant le couteau, il émit une série de sifflements stridents. Je tendis l'arme au garde.

— Je suis militaire, je l'ai toujours sur moi. Ça ne voulait pas dire grand-chose, mais le blond hocha la tête, me prit le couteau et m'ouvrit la porte.

Je pénétrai dans le hall de la suite. Ça fleurait le propre, le frais, le parfum d'ambiance à la lavande, des odeurs que je n'avait pas senties depuis des années. Je me trouvais sale. Et, sans couteau, je me trouvais con. Qu'allais-je pouvoir faire ? Lui fracasser le crâne, l'étrangler ? Ça ne me plaisait pas du tout. Une fille surgit, elle aussi très grande, elle aussi blonde, elle aussi avec le visage en Lego. Sans doute la sœur du blond. Elle me dit d'attendre cinq minutes, me tendit un café brûlant dont je n'avais aucune envie et me laissa seul. Ces quelques instants me parurent interminables, je sentais que ma motivation n'était plus qu'un tout petit point sombre sur l'horizon. Je trempai mes lèvres dans le café quand la sœur du blond surgit à nouveau pour me dire que Caroline Lemonseed m'attendait.

Il me fallut une dizaine de secondes pour que mes yeux soient habitués à l'obscurité du salon dans lequel on m'avait fait entrer. L'endroit était assez vaste et sobrement meublé dans le plus pur style des hommes d'affaires d'avant-guerre. Quelques fauteuils, une table basse, une petite armoire. La seule source de lumière était l'ampoule d'une liseuse posée dans un coin reculé et sous laquelle, dans une drôle de position mi-assise, mi-recroquevillée, Caroline Lemonseed tenait un téléphone serré contre son oreille. De là où je me trouvais, je pouvais l'entendre parler : « Arrête de répéter ça », disait-elle de sa petite voix qui s'étranglait. On lui répondit et d'une voix encore plus étranglée, elle répéta : « Arrête. Je t'en prie. Ça n'a jamais été comme ça. »

Il se passa un long silence pendant lequel je supposai que l'interlocuteur lui parlait. Tout ce que j'entendais, c'était Caroline qui reniflait. Faiblement elle répéta :

— Arrête.

Elle sembla attendre quelque chose puis elle posa l'appareil sur le sol et le regarda avec tristesse comme s'il s'agissait d'un chaton mort. C'est à ce moment qu'elle sembla remarquer ma présence.

— Vous êtes l'homme à la petite sœur ? C'est ça ?

Elle parlait comme quelqu'un qui a un peu bu. Elle continua :

— C'est merveilleux une petite sœur. Moi je n'ai personne. Vous ne devez pas savoir ce que c'est de n'avoir personne. C'est un peu comme être mort. Avant j'avais des gens, mais les parents et les amis, ça n'existe jamais vraiment. Si on ne leur rappelle pas sans arrêt *qui* ils sont, ils s'en vont.

Elle avait accompagné ces derniers mots d'un geste de la main figurant une chose que l'on jette par-dessus son épaule. Elle prit une photo sur la table et se leva.

— Comment s'appelle votre sœur ?

— Louise, dis-je au hasard.

Elle griffonna quelque chose en travers de la photo, traversa le salon et me la tendit. Dehors j'entendis une voiture se placer sous la fenêtre. Moktar m'attendait.

— Vous êtes le seul à être venu me voir. Tous les autres ils m'applaudissent, ils disent qu'ils m'adorent, ils achètent mes disques mais tout ce qu'ils veulent, c'est se faire sucer. S'il y avait de l'amour, je ne verrais pas d'objection à les sucer. C'est dans l'ordre des choses de sucer quelqu'un qui vous aime. Mais ils ne m'aiment pas *vraiment*, vous comprenez ?

Je répondis oui sans vraiment comprendre.

— Bien sûr que vous comprenez. Vous avez une sœur. Vous savez ce que c'est l'amour. Vous voulez que je vous suce ?

Je balbutiai :

— Heu, non c'est gentil...

— Vous êtes un type bien. J'aimerais que l'on se revoie à l'occasion.

Je retrouvai Moktar toujours occupé à attendre sous la fenêtre. Son regard s'assombrit quand il me vit arriver. En main je tenais la photo dédicacée de Caroline Lemonseed, je ne pouvais m'empêcher de sourire bêtement. Je crus un moment que le Slovène allait me balancer son poing dans la figure mais il me demanda simplement :

— Qu'est-ce qui s'est passé ?

Je lui expliquai toute l'histoire, les gardes du corps, Caroline au téléphone, la photographie...

— Ce que je vois moi c'est de la mauvaise volonté, dit-il en regardant la voiture. Une vieille Fiat Punto, qui lui avait coûté si cher. Il n'avait pas tort. Il continua :

— Écoute. Quand dans ce genre d'affaire, il commence à y avoir de la mauvaise volonté, c'est comme des cheveux qui s'accumulent dans les siphons des baignoires. Plus rien n'avance, on fait du surplace, on stagne avec la saleté.

Je ne l'écoutais qu'à moitié. Je repensais au visage triste de la chanteuse.

— Tu comprends ce que je dis ?
— Oui.
— Tu es toujours motivé ?
— Oui, j'avais répondu.

36

Le premier concert allait avoir lieu à une centaine de kilomètres de notre Holiday Inn dans ce qui avait été, avant la guerre, une petite ville ouvrière entièrement tournée vers la production de cristal et qui, aujourd'hui, était devenue un des postes les plus avancés de l'armée régulière. Les « Pluies de l'automne » avaient reçu l'ordre d'y escorter le service technique et les camions de matériel, tandis que Caroline, Naxos, l'ancien aviateur devenu présentateur, monsieur Store de chez Kellogg's, monsieur Bone de General Food, monsieur Tuning de chez Petrofina, monsieur Spinning des processeurs Spinning, un cameraman et un preneur de son s'y rendraient par la voie des airs, à bord de l'hélicoptère de la chaîne câblée. J'avoue qu'imaginer Naxos assis à quelques centimètres de Caroline, leurs cuisses se touchant peut-être, leurs regards se croisant sous les yeux complices du présentateur et des quatre tronches de trous du cul d'annonceurs, il m'avait semblé qu'une dizaine d'épingles me perçaient le cœur.

On nous fit embarquer dans les mêmes camions que lors de notre première mission et nous y retrouvâmes nos places, Moktar qui me tirait la tête depuis ma première tentative d'assassinat, Dirk qui nous suivait désormais partout comme une sorte d'animal familier, et moi qui ne pouvais m'empêcher de repenser à ma rencontre avec Caroline.

Depuis trois jours, la neige tombait sans discontinuer sur toute la région qui s'était mise à ressembler au pôle Sud. La température avait encore baissé, la météo des armées annonçait des moins cinq degrés, mais nous étions tous d'avis qu'il s'agissait d'un mensonge destiné à ménager notre moral et que la température réelle devait avoisiner les moins quinze. Nous avions beau enfiler nos vêtements les uns sur les autres, nous ne nous réchauffions plus. Tous les « Pluies de l'automne » avaient froid et, par voie de conséquence, tous les « Pluies de l'automne » se gavaient d'amphétamines et de chocolat au lait pour tenir le coup.

Après avoir roulé au pas durant cinq heures sur une autoroute enneigée, nous étions arrivés dans la sinistre petite ville où devait se tenir le concert. C'était bien le lieu le plus épouvantablement déprimant que j'avais eu l'occasion de visiter. L'endroit avait été entièrement vidé de ses habitants que l'on avait sans doute placés dans les camps de réfugiés établis à l'arrière, et il ne restait que des rues bordées de maisons vides aux volets clos, que des magasins pillés depuis longtemps et les quelques bâtiments administratifs saccagés par des soldats ivres. Les entrepôts de l'ancienne usine de cristal servaient aujourd'hui de caserne aux deux mille soldats de l'armée régulière mobilisés à cet endroit et qui s'y serraient entre les stocks de vases, verres, presse-papiers et bibelots divers dans une épouvantable odeur de vieux linge.

Les soldats de l'armée régulière étaient une bande de ploucs dégénérés que nous méprisions. En retour, cette bande de ploucs dégénérés, de voir arriver chez eux les « Pluies de l'automne », stars du petit écran, logés à présent dans le confortable hôtel Ibis à l'entrée de la ville, gardiens de Caroline Lemonseed nous détestait. Nous avions été avertis : il nous fallait éviter les quelques bars de fortune, le cinéma où ils ne passaient que des pornos amateurs tourné en VHS avec des filles de réfugiés et les rues un peu trop à l'écart du centre. Bientôt, cependant, nous devions renverser la vapeur et nous attirer leur admiration.

À quelques kilomètres de la ville, sur une nationale qui reliait toute une série de villages à l'autoroute, on trouvait des centaines de familles désorientées, de pauvres paysans complètement paumés, de vieillards bringuebalants, d'enfants au nez crasseux et de femmes rendues à moitié folles par la faim, le froid et l'absence d'eau courante. Toute cette population, au lieu de prendre la direction des camps où elle aurait été mouchée, logée et nourrie, s'obstinait à marcher dans la direction opposée, vers l'intérieur du pays. Le commandement général s'en arrachait les cheveux car il savait, il avait des preuves que parmi cette misère nauséabonde se planquaient bien tranquilles, bien peinards, des dizaines de terroristes, protégés par leurs frères, leurs sœurs et leurs cousins. L'armée régulière établissait des barrages, contrôlait les identités, faisait circuler des portraits-robots, des avis de recherche, promettait, des récompenses, mais n'arrêtait jamais le moindre moucheron. L'ancien aviateur devenu présentateur avait eu une idée, les quatre annonceurs avaient trouvé que les retombées seraient sûrement intéressantes, Naxos avait affirmé que ce genre d'histoire était complètement dans ses cordes et en trois heures nous avions mis sur pied l'opération « Pauvre Naze ».

37

Il n'y avait jamais eu autant de monde dans ma chambre. Il y avait bien sûr Nicotine, l'étudiante en médecine et le médecin chef qui se tenaient en groupe compact près de mon lit. Mais il y avait également les deux crabes en costume de fonctionnaire qui m'avaient rendu visite la semaine dernière. Ils avaient amené avec eux une petite créature aux cheveux gras qui ne parvenait pas à détacher son regard de mon visage, une femme en tailleur strict avec une tête à diriger les opérations. Enfin, un tout jeune type au visage lisse se tenait complètement immobile dans le coin le plus éloigné de moi.

— Vous dites que vous l'avez retrouvé par terre ? demanda le premier crabe à Nicotine.

— Oui, allongé sur le ventre juste à côté de son lit.

— Et vous avez dit qu'il avait parlé ?

— Oui.
— Que vous a-t-il dit ?
Nicotine eut l'air mal à l'aise.
— Il m'a insultée. Il m'a dit que j'étais une salope.
La petite créature aux cheveux gras eut un tic nerveux qui lui souleva la commissure des lèvres.
— Croyez-vous que le fait d'avoir dit un mot prouve qu'il soit effectivement sorti de sa catatonie ? demanda la femme en tailleur avec une voix froide et dure de synthétiseur vocal.
Nicotine a voulu répondre, mais le médecin chef lui a coupé la parole.
— Cela prouve qu'il s'est passé quelque chose dans le système nerveux. Cela peut être quelque chose de passager comme cela peut être quelque chose de définitif, c'est difficile à dire.
— Donc il est possible qu'il soit encore incapable de parler et de bouger ? continua la femme en tailleur.
— C'est possible.
— Mais il se pourrait aussi qu'il soit à nouveau en état de marche, si vous me permettez l'expression, et qu'il nous le dissimule ?
— C'est également possible.
— Existe-t-il un moyen de le savoir ?
— Oui, je pense qu'en observant l'activité

cérébrale face à certaines stimulations et en la comparant aux relevés de ces dernières semaines, nous aurions alors une base de travail valable.

— Une base de travail valable ? fit la femme en tailleur. Et combien de temps prendrait ce travail ?

— Il faudrait faire trois ou quatre séries d'examens sur une semaine environ et essayer de retrouver les réponses correspondantes, de les isoler sur un électroencéphalogramme et de les reporter sur des relevés plus anciens. Pour être plus sûr, il faudrait comparer à des cas similaires. Je peux mettre deux personnes sur les archives de l'hôpital et demander à des confrères. Je pourrai sans doute donner une réponse définitive, avec une marge d'erreur minimale, d'ici trois semaines.

— Une marge d'erreur minimale ?

— Une légère incertitude subsiste toujours.

La femme en tailleur se rapprocha du médecin. Elle était beaucoup plus petite que lui, mais je le vis rentrer la tête dans les épaules.

— Donc vous voulez que j'attende trois semaines pour être plus ou moins sûre de quelque chose ?

— Je ne vois pas comment procéder autrement. Je suis désolé.

— Vous savez que les Rencontres interdisciplinaires ont lieu dans une semaine ?

— Oui, je sais, on ne parle plus que de ça depuis deux mois.

— Savez-vous combien de milliards ont été investis par les sponsors ?

Le médecin ne répondit pas. Une très sale ambiance s'était mise à régner dans ma chambre d'ordinaire si calme.

— Si vous ne le savez pas, c'est parce que personne ne le sait. C'est énorme. On n'a jamais vu ça. Les sponsors eux-mêmes ne sont pas sûrs de le savoir ou alors ils préfèrent ne pas y penser car si les Rencontres ne rapportent pas les fruits attendus, ce sera pire que tout, ce sera le crash le plus épouvantable que l'on ait jamais vu, ce sera l'enfer. Vous comprenez ? Les gens doivent être détendus et heureux, ils doivent avoir envie de consommer.

— Je comprends.

— Et savez-vous ce qui coupe aux gens l'envie de consommer ?

À nouveau le médecin resta silencieux et la femme continua avec sa voix de synthétiseur qui partait maintenant dans les graves.

— C'est leur humeur. Quand l'humeur n'est pas bonne, on reste chez soi, on rumine des idées noires, on devient un pauvre mollasson dépressif et non consommant, un poids pour la croissance. La mauvaise humeur est le risque épidémiologique majeur de ce siècle, vous le saviez ça, docteur?

— Non.

— Eh bien maintenant vous le savez. Et un type comme notre ami catatonique (elle fit un mouvement de la tête dans ma direction), avec le travail des ligues relayées par quelques journaux peu soucieux du bien commun, est le pire foyer d'infection que l'on ait connu depuis longtemps. Avec ces articles parus sur les événements et les photos prises ici, Dieu sait comment, les gens commencent tout doucement à déprimer. Et tous ces gens qui dépriment, les sponsors, les annonceurs, ça les fait chier de trouille dans leurs frocs. Ils en viennent à se dire que tout ça n'aurait jamais dû arriver. Que tout ça n'est même jamais arrivé et que ce type dans ce lit, vu que rien n'est jamais arrivé, il n'a rien fait du tout. Vous comprenez? Rien n'est arrivé et il n'a rien fait du tout.

— Je comprends, mais enfin il y a eu toutes ces choses. Il y a ces témoins, ces lettres. Je veux dire qu'il... bredouilla le médecin.

— Je crois que vous ne connaissez pas le chef de cabinet de notre ministre, l'interrompit la jeune femme en désignant le jeune homme lisse.

— Non.
— Monsieur le chef de cabinet, auriez-vous la gentillesse de nous répéter ce que vous a dit le ministre ?

Le jeune homme fit un pas dans ma direction affectant un vague sourire de circonstance.

— Le ministre est bien entendu très affecté par la situation qui est devenue une de ses principales préoccupations de ces dernières semaines. Il s'est posé mille et une questions sur ce qu'il convenait de faire, il a rencontré les différents actionnaires, les différents annonceurs, les entrepreneurs, les chaînes de télévision qui possèdent les droits de retransmission et toutes les collectivités trouvant, sous une forme ou sous une autre, un intérêt dans la tenue des Rencontres interdisciplinaires. Il a ensuite rencontré les représentants des Ligues mais les tentatives de dialogue ont malheureusement échoué suite aux positions sottement radicales de ces dernières. Le ministre a donc longuement réfléchi et il nous a dit que si l'homme étendu sur ce lit avait enfin retrouvé ses esprits, il convenait de le laisser gentiment s'en aller.

Je vis le visage du médecin chef virer au gris. Nicotine garda la bouche ouverte sur un cri muet. La petite étudiante baissa les yeux. La jeune femme en tailleur se tourna vers moi en souriant.

— Alors, notre ami est-il réveillé oui ou non ? demanda-t-elle.

38

Mon doux Moktar,

J'ai eu une violente dispute avec ta sœur à propos de la drogue et de la baise avec toute la ville qui est, tu le sais, nous en avons parlé, une chose que je désapprouve. Elle m'a dit que j'étais la pire connasse qu'elle ait jamais rencontrée dans sa vie où elle en avait rencontré pourtant beaucoup. Elle a essayé de me frapper au visage, elle a dit que décidément il était temps qu'elle fasse un peu de ménage dans sa vie puis elle est partie en claquant la porte. Cela fait maintenant cinq jours que je ne l'ai plus revue. Dao Min qui est pourtant bien informé sur ce qui se passe en ville n'a pas la moindre nouvelle. Je comprends pas ce qu'elle a pu vouloir dire avec cette histoire de ménage dans sa vie. Elle ferait mieux de faire le ménage dans sa chambre.

À part ça je t'aime.

À la lecture de la lettre Moktar s'était effondré sur son lit. Il s'était pris la tête entre les mains et s'était mis à répéter que tout ça était de sa faute, qu'il n'avait jamais pu s'occuper de sa famille comme il le fallait, qu'il aurait mieux fait de laisser Suzy se pourrir la vie dans le magasin de télés de ce dégénéré de « Petit Pois » Roberts, qu'on récoltait toujours ce qu'on semait, qu'après avoir mangé son pain blanc il allait maintenant manger son pain gris. Dirk lui dit que tout ça c'était du cinéma, que sa sœur faisait ça pour se faire remarquer, que lui aussi avait une sœur qui avait fugué et qu'on l'avait retrouvée, un an après, en train de vider des poulets dans une usine de pâté, qu'elle n'était pas camée et qu'elle était restée vierge. À ce moment la situation avait failli déraper : Moktar s'était levé, son regard était de nouveau comme de la glace, en deux pas il était sur Dirk, il lui attrapait la tête, un bras et une jambe en même temps, il le faisait tomber au sol où il le maintint d'un genou sur la nuque en lui hurlant dans l'oreille que sa sœur n'avait pas fugué, qu'elle ne viderait jamais de poulets, qu'elle se camait si ça lui plaisait et que même si elle baisait avec tout ce que l'univers compte de bites de travers elle était sûrement encore vierge. Dirk faisait, oui, oui, oui, avec une toute petite voix. J'avais eu peur que cela aille trop loin mais la situation avait fini par se calmer. Dix minutes plus tard Naxos faisait un appel et nous le rejoignîmes dans le hall de l'hôtel.

L'opération « Pauvre Naze » était d'une simplicité déconcertante et Naxos, avec son talent d'orateur, l'avait exposée à ses cinquante hommes affalés dans les fauteuils en faux cuir de l'hôtel Ibis. Nous allions devoir nous rendre de nuit au barrage où s'entassait la colonne de réfugiés, il y en avait un bon millier mais nous allions bénéficier de l'appui de l'armée régulière. Les équipes de télévision suivraient un groupe de vingt « Pluies de l'automne » mené par lui-même qui se chargerait d'isoler une centaine de réfugiés, de les soumettre à une fouille brève, d'arrêter les éventuels suspects et de les remettre, le cas échéant, entre les mains de la police militaire. Les trente « Pluies » restant seraient conduits par Moktar qui était celui d'entre nous possédant le plus d'expérience. Ceux-là seraient chargés, toujours avec l'appui de l'armée régulière, de dégager le passage une fois pour toutes afin de permettre l'arrivée des soldats en permission et de la partie manquante du matériel technique.

Les deux groupes de « Pluies de l'automne » s'étaient donc séparés. D'un côté Moktar, de l'autre Naxos. Bien entendu, Dirk, malgré les baffes qu'il avait reçues, et moi, malgré mon rêve d'une soirée avec Lemonseed, avions suivi le Slovène.

Le groupe de Naxos qui allait être suivi par les équipes de télévision revêtit les blousons publicitaires de circonstance, « Spinning, Kellogg's, Agfa, Snikers... », et passa au maquillage. L'ancien aviateur devenu présentateur décida qu'il ferait une animation en direct et qu'il serait à bord d'un des deux véhicules tout-terrain. La tâche la plus difficile revenait à notre groupe qui était chargé d'isoler la plus grosse partie des réfugiés encombrant la route et de les faire monter, par n'importe quel moyen, dans la dizaine de cars grillagés mis à notre disposition par l'armée régulière. Naxos, le visage lissé par la couche de maquillage, nous souhaita bonne chance, donna une tape amicale sur l'épaule bétonnée de Moktar, distribua les amphétamines et les barres de chocolat et nous dit d'y aller.

Contrairement à ce que j'aurais pu croire, la promotion de Moktar au rang de sous-commandant ne sembla pas lui faire particulièrement plaisir. C'est vrai qu'il n'avait jamais été très souriant, ni particulièrement joyeux, mais là un masque morose était collé à son visage depuis qu'il avait appris la fugue de sa sœur et ni le geste amical de Naxos, ni le soutien chimique des amphétamines ne semblaient pouvoir le lui ôter. Il nous fit monter dans les camions, dit sans conviction qu'« on allait devoir rester bien concentrés parce qu'il ne voulait pas la moindre merde » et puis garda le silence durant toute l'heure que dura le trajet. Derrière nous, comme un troupeau d'éléphants à l'agonie, nous suivait la dizaine de vieux bus grillagés.

39

La colonne de réfugiés s'étendait sur un peu moins d'un kilomètre au bord d'une nationale boueuse bordée de ce qui devait, au printemps, être un joli sous-bois mais qui, en plein hiver, ressemblait plutôt à une vieille brosse à cheveux oubliée dans un coin de salle de bains. Dans ce tableau, les quelques centaines de réfugiés tenaient à merveille le rôle du linge sale : tout gris, informe et tout puant. Moktar avait demandé au chauffeur du camion de s'arrêter à cinq cents mètres du premier groupe de réfugiés, de couper le moteur et les phares car, selon lui, ces gens-là étaient comme des lapins, aussi nerveux et aussi froussards, et que le bruit d'un moteur, la lumière de phares et des dizaines de types en uniforme pouvaient en un instant créer une panique sans nom.

— La panique, avait dit Moktar, c'est notre pire ennemi. Les gens paniqués sont capables de tout. Il faut qu'ils aient peur mais surtout pas qu'ils paniquent.

Il avait regardé sa montre. À un kilomètre, de l'autre côté de la colonne de réfugiés, Naxos avait commencé son boulot avec les équipes télé. Dirk avait branché un des postes émission-réception, il avait cherché un moment la fréquence et il s'était arrêté quand la voix du présentateur avait jailli au milieu des parasites : « Ces gens, fuyant la misère, la guerre et ses horreurs, sont jetés sur les routes par centaines. Certains d'entre eux n'ont pas mangé depuis plusieurs jours, tous souffrent de déshydratation ou d'infections diverses dues aux mauvaises conditions de vie. Un homme raconte comment, hier, sa femme a dû accoucher dans un fossé et n'a reçu en guise de soins qu'un verre de lait non stérilisé. Mais plus que la faim ou la maladie, ce que craignent ces gens, ce sont les terroristes qui se cachent parmi eux, les soumettent à d'horribles chantages, menacent de mort ceux qui oseraient briser la loi du silence et leur imposent "l'impôt", comme on l'appelle ici, autrement dit, le racket quotidien de leurs maigres avoirs... »

Derrière la voix du présentateur nous pouvions entendre la voix de Naxos disant aux gens de ne pas s'inquiéter, que des camions

« General Food » allaient leur distribuer des rations et que les enfants recevraient du lait et des céréales. Après une demi-heure on vit l'hélicoptère de la chaîne prendre de l'altitude dans le ciel noir et glacial. De loin, avec ses balises, il ressemblait à une petite boule de Noël clignotante. Moktar reçut le signal qu'il attendait. Il demanda par radio aux soldats de l'armée régulière qui avaient aidé les équipes de télévision et les « Pluies » de Naxos de rester en place pour faire « bouchon » de leur côté de la colonne. Il descendit du camion, fit venir le plus gradé des soldats qui nous accompagnaient, un petit homme barbu au visage en forme de poire, et lui dit de disposer ses hommes dans les bois longeant la route.

Moktar nous avait dit de faire comme lui. À la lumière des projecteurs installés sur les camions, il s'était approché de la colonne de réfugiés en leur disant : « Restez calmes, tout ira bien, veuillez suivre nos instructions. » Il y avait eu un léger mouvement de foule mais il avait continué, plongeant au milieu de toute la masse de gens comme au milieu d'un lac envahi par les algues.

— Des autobus vous attendent à cinquante mètres et vous conduiront en lieu sûr.

Et nous, derrière lui, nous répétions aux hommes, aux femmes, aux vieux, aux vieilles et aux petits gosses qui s'étaient mis à sucer nerveusement leur pouce : « Des autobus vous attendent à cinquante mètres et vous conduiront en lieu sûr. »

Je vis des ombres quitter la route et détaler dans les bois. On entendit distinctement partir une série de coups de feu, clac, clac, clac, un bruit de galets qu'on frappe les uns contre les autres. Le barbu à la tête en forme de poire avait manifestement compris les instructions. Le silence s'installa et l'on put entendre cette fois la voix haute et claire de Moktar répétant inlassablement : « Restez calmes, tout ira bien, veuillez suivre nos instructions. Des autobus vous attendent à cinquante mètres et vous conduiront en lieu sûr. » Il attrapait les gens qui lui tombaient sous la main et il les poussait vers nous qui le suivions et qui les repoussions, à notre tour, vers l'arrière où attendaient les bus.

Aussi étonnant que cela puisse paraître, malgré la centaine de gens qui se trouvaient devant nous, ce simple geste d'en attraper un et le pousser vers l'arrière finit par créer un mouvement général de déplacement vers les bus. Moktar se retourna un moment vers moi, des dizaines et des dizaines de têtes passant entre nous, et il me lança un regard où brillait une fierté amusée qui me rassura sur l'état de son moral. La fugue de Suzy ne le travaillait pas trop. Dans la forêt, d'autres coups de feu éclatèrent, ils avaient l'air de faire partie du décor, personne n'y fit attention.

Nous avions mis plus de deux heures à faire grimper tout le monde dans les bus dont le nombre s'avéra calculé un peu trop juste par rapport au nombre de gens à déplacer. Contre le grillage des fenêtres on voyait se presser des dizaines de visages, des centaines d'yeux affolés observant nos allées et venues. Dirk s'alluma un mégot en inspectant ses chaussures. L'homme à tête en forme de poire sortit des bois avec ses soldats de l'armée régulière transportant trois gros paquets. Ils s'approchèrent de Moktar et les déposèrent à ses pieds.

— Qu'est ce qu'on en fait?

Moktar regarda. C'étaient les corps de deux hommes et d'une jeune femme. Il se retourna vers les bus d'où s'élevait maintenant une rumeur menaçante.

— C'est une belle connerie que vous avez faite là. Vous savez combien de temps ça peut prendre de calmer une foule paniquée?

L'homme à tête de poire eut l'air vexé qu'on lui fasse une remarque devant ses hommes.

— De toute façon, ils sont dedans maintenant, alors qu'est-ce qu'on s'en fout de la panique, il avait répondu.

Derrière nous la rumeur s'amplifiait. Depuis les dix bus nous pouvions entendre des éclats de voix nous balancer des insultes. Ça s'agitait, ça se levait, ça essayait de descendre. Les bus se mirent à tanguer comme de grosses barques sur la houle.

— Merde, avait fait Moktar.

Puis, de l'un des bus avait jailli un cri de femme, incompréhensible, mais d'un coup la rumeur s'amplifia jusqu'à devenir presque effrayante, occupant tout l'espace de vibrations hostiles. Comme si la houle était devenue plus profonde, les bus tanguaient maintenant dangereusement.

— On s'en fout de la panique alors? avait ironisé Moktar.

L'homme à tête de poire ne répondit pas, gardant sur le visage un sourire crispé.

— Viens avec moi, m'avait dit le Slovène en se dirigeant vers le bus le plus proche.

On grimpa à l'avant. Dedans ça hurlait, ça criait, un projectile envoyé depuis le fond me frôla le visage. Ça sentait la peur, la transpiration, le vieux linge et l'urine. Moktar attrapa le premier qui lui tomba sous la main, un jeune type avec une veste de ski complètement démodée, il le releva en le tenant par le col, sortit son revolver de service, lui posa le canon sur la tempe et tira.

Dans l'espace clos du bus, le bruit fut assourdissant, du sang et des matières cérébrales jaillirent comme l'explosion d'une fusée de feu d'artifice. Le jeune type fut projeté contre le grillage et rebondit dans le couloir central où il s'effondra dans une étrange position assise. Instantanément le silence tomba, aussi lourd qu'une plaque de fonte.

— Restez calmes, tout ira bien, veuillez suivre nos instructions, avait dit Moktar avant de descendre.

Dans les autres bus, comme dans celui que nous quittions, le silence s'était installé. Sans avoir été témoins de la scène, tout le monde se doutait de ce qui venait de se produire. Moktar dut lire l'étonnement dans mes yeux.

— Il ne faut pas que les autres s'*imaginent quelque chose*, il faut qu'ils *voient la même chose*. C'est la seule façon maintenant pour que le trajet se passe dans le calme.

Nous étions montés dans le bus suivant où régnait un calme effrayé. Moktar saisit le premier qui lui tomba sous la main, une grosse fille d'une vingtaine d'années, à nouveau revolver, tempe, coup de feu, bruit assourdissant, feu d'artifice rouge et il répéta :

— Restez calmes, tout ira bien, veuillez suivre nos instructions.

Nous fîmes comme ça les dix bus, pang!

pang! pang! et quand on finit par rejoindre l'homme à tête de poire il régnait un calme absolu à peine dérangé par le bruit des moteurs tournant au ralenti.

— Vous avez le coup de main, fit l'homme admiratif. Dans le civil j'ai été prof dans un lycée en difficulté, vous feriez ça très bien.

— Merci, mettez ces trois-là sur le côté. Au milieu de la route ils vont finir par provoquer un « accident », avait répondu Moktar en indiquant les trois corps.

Il était tard et nous avions une longue route à faire pour rentrer en ville. À la faveur de la tension qui retombait je m'aperçus combien j'étais fatigué. Ma nuque, aussi raide qu'un manche de pioche, me lançait douloureusement. Les dix bus se mirent en route, emplissant l'air glacé de vapeurs d'échappement.

40

De l'hôtel Ibis où nous logions, nous pouvions voir les équipes techniques s'affairer à la construction des énormes structures qui accueilleraient le concert de Lemonseed. De loin, ça ressemblait à un engin spatial posé au milieu d'un champ de betteraves à l'abandon : des pylônes hérissés de projecteurs s'élevaient à trente ou quarante mètres, des kilomètres de câbles se tortillaient pareils à des tentacules monstrueux, des morceaux de décors, des haut-parleurs, des pièces de renfort et de soutien s'amoncelaient un peu partout et des écrans géants de seize mètres de côté faisaient face à la terre boueuse où se presseraient près de dix mille soldats dans moins de trois semaines.

Au lendemain de l'opération « Pauvre Naze », l'émission était passée à la télévision. Les scènes où l'on voyait Naxos plaquer un terroriste à terre ou caresser la tête d'un enfant étaient entrecoupées par des spots publicitaires et une interview de Lemonseed réalisée par l'ancien aviateur. L'audience avait, semblait-il, été assez peu satisfaisante. La rumeur avait couru que l'ancien aviateur et Naxos s'étaient fait engueuler comme du poisson pourri par les annonceurs. Il fallait, leur avait-on dit, quelque chose de neuf pour réveiller le public, il fallait quelque chose où se mêleraient l'amour, le sexe et le scandale. Finalement, on m'avait rapporté que les annonceurs avaient ressorti leur vieille idée de romance entre Naxos et Caroline. Du coup, nous avions vu passer la chanteuse et le Chypriote, bras dessus bras dessous dans les rues de la petite ville, suivis à quelques mètres par une équipe de télé réduite et un photographe chargé de prendre des « images volées » qui paraîtraient dans les journaux people des jours à venir.

Alors que la jalousie brûlait à l'intérieur de mon corps à la manière d'un morceau de phosphore et que je commençais à me dire que plus jamais je n'aurais l'occasion d'approcher la jeune fille à moins des trois mètres réglementaires, un fax à mon intention fut envoyé au service communications de l'hôtel. Une écriture arrondie m'y disait : « Aimerions avoir des nouvelles de votre petite sœur. Ce soir vers dix-neuf heures ? Merci. » J'étais resté un long moment à le regarder, Moktar et Dirk attendant que je dise quelque chose, puis je l'avais fourré dans ma poche. Le Slovène m'avait demandé de quoi il s'agissait, j'avais répondu que c'était le service comptabilité qui avait besoin d'une signature pour le versement de ma solde. À son regard, je vis bien qu'il ne me croyait pas mais je m'en balançais. J'avais envie de prendre une douche, de me laver les cheveux, de me brosser les dents. Il était quatorze heures, j'avais cinq heures à tuer. Dirk voulait aller voir les pornos au cinéma du centre et je finis par l'accompagner, me disant que le temps passerait plus vite.

Je me souviens de ces heures euphoriques quand ni l'air glacé de la ville, ni la monotonie des films VHS où les filles blafardes des camps de regroupement se faisaient tringler par des militaires en permission, n'entamèrent mon humeur. Je pris une amphétamine, Dirk en prit une à son tour, il me parla de sa vie minable ponctuée d'événements minables qu'il enrobait de sucre et de colorant : un accident de voiture, la faillite d'un petit commerce, son boulot de manœuvre, ses aventures avec une pute ou deux. Je souriais en l'écoutant, personne n'avait jamais dû l'écouter comme ça, surtout pas en souriant. Les heures finirent par passer, je quittai Dirk en lui donnant une petite tape sur l'épaule, il me fit une tête d'épagneul reconnaissant du genre : « Toi et moi c'est à la vie à la mort », et j'allai retrouver Caroline.

41

La chaîne de télé avait de nouveau attribué la plus belle suite de l'hôtel à la jeune chanteuse. Je passai les barrages du blond en Lego et de sa sœur qui furent plus accueillants que la première fois. Sans doute avaient-ils reçu des instructions en ce sens. La suite était plus petite que celle de l'Holiday Inn mais plus lumineuse. Une grande baie vitrée donnait sur une terrasse d'où l'on avait une vue sur le croisement de l'autoroute et de la nationale, au milieu des champs et de quelques structures agricoles abandonnées.

La neige s'était remise à tomber, mais avec plus d'obstination. Les flocons s'amoncelaient en un rythme rapide et régulier transformant la campagne en un grand couvre-lit en lin parsemé de motifs grisâtres. Caroline observait fixement le paysage, affectant un air triste que je ne lui connaissais pas.

— Merci d'être venu. J'espère que ça ne vous dérange pas? avait-elle fait.

— Non, vraiment, j'avais répondu sans avoir eu le courage de dire que c'était un vrai plaisir, qu'elle était aussi belle qu'un morceau de cristal de roche et que je me couperais le petit doigt pour passer une heure avec elle.

Elle m'avait fait asseoir et était venue à côté de moi.

— Je ne vais pas bien du tout, vous savez, et je ne peux en parler à personne. Je suis sous contrat et si je suis déprimée ça peut me coûter un procès. Mais vous comprenez, si je ne parle pas de tout ça à quelqu'un j'ai l'impression que c'est comme si j'allais...

— Tomber malade?

— Oui, c'est ça. Mais ça non plus je peux pas. C'est aussi dans mon contrat. Alors je vous parle à vous. J'ai l'impression qu'on peut vous faire confiance. Vous avez une petite sœur. Vous l'aimez. Vous avez de l'amour à donner.

Je m'étais demandé si je devais la prendre dans mes bras ou bien faire quelque chose d'approchant comme poser une main sur son épaule mais je n'osais pas. Je me contentai de dire :

— C'est vrai. J'en ai. Ça la fit sourire.

— Les chiffres ne sont pas très bons, vous savez.

— Les chiffres?

— Je veux dire l'audimat. L'audience.

— C'est peut-être passager.

— C'est ce qu'on croyait aussi mais ça baisse régulièrement depuis des mois. Personne n'en parle mais c'est comme ça. Ils sont prêts à tout pour renverser la vapeur. Si vous saviez le fric qu'ils mettent là-dedans.

— Je m'en doute.

— Oh non! vous pouvez pas vous en douter. C'est vraiment beaucoup. Et du coup ils me demandent de passer de plus en plus de temps avec Irving.

— Oui, on vous a vue passer avec les photographes qui vous suivaient.

— Les photos, il n'y a pas que ça. Ils veulent du sexe, vous voyez. Des photos censurées avec des petits bandeaux noirs. Ils veulent un mariage, un bébé et tout. Et moi je dois passer tout ce temps avec ce type. J'avais un fiancé et il n'a pas supporté. L'autre soir, c'est avec lui que j'étais au téléphone. J'ai essayé de lui expliquer mais...

La voix de Caroline s'étrangla en un bruit mouillé.

— Vous pourriez refuser, j'avais dit bêtement.

— Mais non, justement. Le contrat leur donne droit à tout. S'ils décidaient de me faire violer par cinquante soldats, je devrais accepter. Mais ce n'est pas ça le problème.

— C'est quoi alors?
— Irving...
— Quoi?
— Il a... un problème.
— Un problème?
— Un problème grave. Vous connaissez les bruits qui courent à son sujet?
— L'histoire du Boucher des oliviers?
— Oui, le Boucher.
— On a jamais rien prouvé. Le journaliste qui avait sorti l'affaire était véreux.
— Le journaliste était véreux mais l'histoire était vraie quand même.
— Comment en êtes-vous sûre?
— Il me l'a dit.

Je sursautai.

— Naxos vous a dit qu'il était le Boucher?
— Oui. Dès qu'on est tous les deux il me raconte toutes ses histoires avec les touristes allemandes. Tout ce qu'il leur faisait. Je savais pas que des trucs pareils pouvaient exister.
— Mais vous devez en parler alors. À tous ces gens de la télé.
— Ils sont au courant et ils n'en ont rien à cirer. Je crois même que ça les arrange. Vous savez, tout ce qu'il a fait, toutes ces saloperies qu'il a faites à toutes ces filles dans le fond je

m'en fous, tout le monde a ses raisons, je juge pas. Le problème, c'est que ça me fait peur. J'arrive pas à dormir quand il est à côté de moi. Regardez ma tête, j'ai l'air complètement crevé. Et ça non plus je peux pas.

— Le contrat?
— Oui, le contrat.

Caroline resta un long moment à regarder la neige tomber. Elle avait l'air désespérément triste. À l'image des terres environnantes, sa cervelle se couvrait de givre. Elle posa sa tête sur mon épaule.

— Je pourrais être ta petite sœur ce soir? elle m'avait dit.

Ce n'était pas tout à fait ce que j'avais espéré mais c'était mieux que rien. Nous étions restés de longues heures à nous parler. Elle me raconta son enfance chez ses parents, son amour pour le livreur de viande, sa découverte de la musique. J'étais bien, je me fichais de tout, de Jim-Jim, de Moktar, de Naxos, de la télé et de la guerre. Toutes ces choses existaient bel et bien mais je me disais que si Caroline m'embrassait maintenant elles disparaîtraient derrière un rideau et l'on pourrait faire comme si de rien n'était. On s'enfuirait en les laissant à ceux que ça intéressait. Le temps passa. La nuit s'installa plus sombre que jamais. Caroline ne m'embrassa pas.

42

Tout le monde me regardait. Le médecin chef qui appuyait son menton dans le creux de sa main droite, la petite étudiante assise sur le rebord de la fenêtre, Nicotine juste face à moi, les deux cons en costume qui étaient venus me filmer, le jeune chef de cabinet, la petite créature aux cheveux gras qui n'avait encore rien dit et la femme en tailleur strict qui venait de me demander de parler. Pendant un court moment, j'avais eu l'impression que ma pensée allait plus vite que la lumière et j'avais essayé de faire le point sur ma situation : d'une part un certain nombre de personnes avaient l'air de m'en vouloir, Nicotine en premier lieu, sans que je sache pourquoi. D'autre part durant ma période d'inconscience, j'avais apparemment acquis une sorte d'importance stratégique aux yeux de l'un ou l'autre ministre sans que je comprenne les tenants et les aboutissants de cette importance mais surtout, et c'était là le plus important, j'avais acquis depuis mon réveil la certitude que ma paralysie et mon aphasie me protégeaient de la menace de quelque chose d'indéfini mais de suffisamment effrayant pour que je cache le fait d'avoir retrouvé l'usage de mes membres et de la parole. Cependant, il me paraissait de plus en plus évident que je ne pourrais rien cacher très longtemps et puisque j'avais perçu les accents rassurants du discours de la femme en tailleur strict, j'avais fini par répondre à sa question : « C'est bon, j'avais dit, je sais parler mais pour bouger, c'est pas encore très au point. Et ce matin je me suis fait mal aux genoux en tombant. »

La femme en tailleur eut un grand sourire et se tourna vers le jeune chef de cabinet qui lui fit un signe.

— Continuez à filmer, elle avait dit sans que cela soit nécessaire au con à la caméra, puis elle s'était adressée à moi.

— Notre ministre aime avoir ses archives personnelles. Donnez-lui les papiers.

La petite créature aux cheveux gras qui semblait depuis un moment être tombée en léthargie sursauta et s'approcha de moi. Il posa sur le lit une mallette d'où il tira une série de documents.

— C'est une simple sécurité pour nous, il m'avait dit en me tendant un stylo. Vous devez signer ici. Et là et encore là.

Comme j'avais l'air d'hésiter, il ajouta :

— Par ce document, vous reconnaissez avoir été bien traité durant votre séjour à l'hôpital, par celui-ci vous déclarez être étranger aux heu... événements que les ligues ont essayé de vous coller sur le dos, vous vous engagez également à ne jamais parler de tout cela à qui que ce soit et à essayer dans la mesure du possible d'oublier que vous avez rencontré des représentants du gouvernement.

J'avais signé aux différents endroits qu'il m'indiquait Puis j'avais posé la question qui me brûlait les lèvres depuis le début :

— C'est quoi les « événements » ?

Après un moment de silence la femme en tailleur strict finit par dire :

— Vous n'avez donc pas encore retrouvé complètement vos esprits. Je crois que c'est le travail du personnel soignant de vous y aider. Il vous reste quelques jours à passer ici, histoire de vous remettre sur pied, ce serait l'occasion de les mettre à profit pour poser toutes vos questions. Nous devons y aller à présent.

Toute la bande de tordus gouvernementaux avait quitté ma chambre, me laissant seul avec le médecin, l'étudiante et Nicotine. Je les avais regardés, tous les trois en blouses blanches, serrés les uns contre les autres, on aurait dit une famille de canards se préparant à la migration annuelle.

— Tu t'en occupes et puis on l'oublie. Je veux plus en entendre parler, avait dit le médecin à Nicotine. Il avait poussé l'étudiante vers la porte, mais avant qu'ils l'aient franchie, j'avais dit :

— C'est elle qui est venue pour les photos. C'est à cause d'elle tout ça

Le médecin s'était arrêté. Il avait regardé la jeune fille qui était devenue toute pâle, il m'avait regardé.

— Ça n'a plus d'importance maintenant, il avait dit doucement avant de me laisser seul avec Nicotine.

— C'est quoi les « événements » ? je lui avais demandé.

Elle avait sorti un paquet de cigarettes de son tablier et s'en était allumé une. Elle vint s'asseoir sur le coin du lit.

— Alors c'est vrai, vous ne vous en souvenez pas?

— Non.

— Les enfants? Vous ne vous en souvenez pas?

Alors que je répondais « non » pour la seconde fois, une vague image se formait dans mon esprit, l'image floue et grise d'un bâtiment aux formes allongées que je ne parvenais pas à identifier.

« Les enfants », répéta pensivement Nicotine en regardant se consumer sa cigarette.

C'est dans la fumée qui montait lentement vers le plafond que je trouvai les nouvelles pièces de ma mémoire, les grands cercles mous me rappelèrent le visage défait de Moktar et l'odeur de brûlé me rappela le grand feu que nous n'allions pas tarder à allumer.

43

Moktar, mon tendre et cher amour aux yeux de cobalt et aux bras hydrauliques, tu me manques à l'infini.

Je sais que je ne devrais pas te parler de certaines choses pour éviter de t'inquiéter, que tu as besoin de toute ta concentration pour bien faire ton travail et que la dernière chose qu'il te faut, ce sont des soucis ménagers, mais si je ne t'en parle pas je crois bien que je vais devenir complètement folle. J'ai lu le livre La Parole du cœur *sur le rôle du dialogue dans le couple où l'on t'explique que ne jamais rien dire peut donner le cancer. Alors voilà, je te parle, ma santé se dégrade, j'ai des vertiges, des douleurs dans les oreilles, des névralgies, mon foie rejette dans mon organisme plus de déchets qu'une vieille usine chimique russe. Si tu voyais ma tête. Je me fais peur. Le médecin m'a dit que c'était sans doute à cause du stress accumulé ces dernières semaines. C'est sans doute vrai. Je le sens bien. Si Suzy n'avait pas été aussi difficile sans doute que je dormirais mieux. Pas de nouvelles depuis six jours, comment peut-elle faire autant de mal autour d'elle ? Il faudra vraiment lui parler. J'ai commencé une cure de DHEA, je crois que ça peut me faire du bien mais c'est assez cher. J'ai dû prendre de l'argent sur le compte commun (si tu pouvais faire un virement, ce serait bien). Mon amour, pour me détendre j'essaye de me souvenir de nos premiers moments : quand j'étais malade et que tu m'apportais des gâteaux, quand nous avons fait l'amour pour la première fois dans cet hôtel où je m'étais réfugiée...*

Je m'inquiète pour toi. Dao Min m'a dit qu'il a vu un vol de canards traverser le ciel d'ouest en est, il m'a dit « mauvais présage », il m'a dit qu'il faisait des rêves horribles où tu étais avec lui pendant la bataille des Mille Maïs et que des rats te dévoraient les yeux.

Voilà, je veux pas t'inquiéter, mais il fallait que je t'en parle. À part ça on suit tous avec intérêt l'émission de l'ancien aviateur, tout le monde est fier de vous et de Naxos. Je pense souvent à la petite Caroline, j'espère que vous arriverez rapidement à faire ce que vous savez pour que vous puissiez rentrer ici. Je suis toute seule à présent. À part ma petite promenade quotidienne au Bateau qui se plante, je n'ai personne à qui parler et je trouve que n'avoir personne à qui parler c'est quelque chose qui sent la mort. Du coup j'écoute la radio et je regarde la télé où l'on voit de plus en plus Jim-Jim qui sort un nouvel album. J'aime bien les chansons. Elles parlent d'amour qui s'en va, de gens qui se quittent et se retrouvent. Ça me fait pleurer. Il paraît que dans les ventes, il est mieux placé que Caroline maintenant. Enfin bon...

Essaye de te nourrir sainement, évite l'alcool et les cigarettes et surtout reviens vite.

Ta Scapone qui t'aime.

Au moment où Moktar terminait la lecture de la lettre, Dirk surgit dans la chambre de l'hôtel que nous n'avions pas quittée depuis le matin. J'étais rentré à l'aube après ma visite chez Caroline. Moktar m'avait vu rentrer, il m'avait fixé une seconde avec son drôle de regard glacial puis il s'était retourné. Je m'étais endormi alors que, pareille à une vigne vierge, un bonheur aux multiples ramifications s'étendait à l'intérieur de tout mon corps. Le matin nous avions fait comme si de rien n'était. Moktar ne m'avait posé aucune question, il m'avait dit qu'il avait reçu une lettre de madame Scapone et il me l'avait lue. J'avais eu un moment l'impression que les choses avaient repris leur cours horizontal mais avec ce qui se passa après la venue de ce pauvre con de Dirk, je compris que c'était l'impression la plus fausse que j'avais eue depuis longtemps et que le psychisme de Moktar, avec toutes les blessures qui s'y infectaient depuis des années sans que personne y apporte le moindre soin, était plus proche que je ne le pensais de la putréfaction pure et simple.

— Le bus des putes est arrivé, avait dit Dirk. Y a de nouvelles têtes. C'est joli et c'est frais. Venez !

Par curiosité, nous l'avions suivi jusque sur le parking.

La journée aurait pu être magnifique : une lumière blanche et claire baignait l'atmosphère gelée. On se serait cru dans un frigo américain flambant neuf. Ça sentait la vanille, les produits nettoyants et le mazout. Le sol réfléchissait comme un miroir et nous renvoyait tout ça dans les yeux que nous protégions en retour de nos mains en visière. Devant nous, le bus des putes avait déchargé sa cargaison colorée : une trentaine de filles qui essayaient de sourire malgré le froid polaire, les jupes longues de quelques centimètres qu'on leur avait fait enfiler durant le trajet et la dizaine de types qui tournaient déjà autour d'elles. Dirk avait eu raison quand il nous avait dit qu'il y en avait de jolies, il y en avait même de très jolies, si jolies que j'en oubliai un moment la petite Caroline et qu'un vague sourire modifia l'expression soucieuse de Moktar. Malheureusement ce sourire se transforma en une horrible grimace stupéfaite quand, parmi les visages crispés des nouvelles venues, il reconnut Suzy, bizarrement amaigrie, maquillée au tuyau d'arrosage mais nous jetant à tous les deux le regard le plus haineux qu'il m'avait été donné de voir jusqu'alors.

44

Moktar ne fit rien un court moment, pendant lequel une série rapide de nuages de condensation sortaient de sa bouche grande ouverte. Puis il demanda à voix basse : « Suzy ? »

Dirk arriva en souriant derrière nous :

— Et alors, elles sont bien, hein ? Vous avez vu la grosse avec sa bouche de salope ? fit-il en indiquant Suzy qui s'approchait maintenant de nous.

— Elle vient par ici. C'est pour moi, c'est pour moi ! dit-il.

— Suzy ? répéta encore Moktar à voix basse.

Suzy était maintenant plantée devant nous. De près elle ressemblait à un personnage de la mythologie scandinave : entre le gnome et le troll, en plus grand avec de la poudre et du rouge à lèvres.

— Salut ! fit ce con de Dirk.

— TA GUEULE ! hurla Moktar en lui saisissant

le cou. Ta gueule ! C'est ma sœur, alors ta gueule. Si tu la touches, je te tue, si tu la regardes, je te tue, et même si tu penses que tu pourrais la toucher, je le saurai et je te tuerai.

Dirk se ratatina et me lança un regard désespéré. Je hochai la tête d'un air impuissant.

— Vous avez foutu ma vie en l'air tous les deux, dit Suzy en s'adressant à son frère et à moi. Vous avez assassiné mon mari parce qu'il ne vous plaisait pas. Vous m'avez laissée en plan pendant des semaines avec cette vieille bique infâme qui te pique tout ton blé quand tu n'es pas là, vous me dégoûtez, vous pensez qu'à vos histoires de militaires pourris et à votre histoire pourrie avec Caroline. Eh bien moi je suis venue foutre en l'air vos vies comme vous avez foutu en l'air la mienne. Je vais dire à tout le monde pourquoi vous êtes là. Je vais dire que vous voulez assassiner Caroline Lemonseed. « ILS VEULENT ASSASSINER LEMONSEED ! ILS VEULENT ASSASSINER LEMONSEED ! » se mit à crier Suzy avec son frère qui lui criait en retour :

— ARRÊTE MAINTENANT, ARRÊTE !

Avec tout ce boucan, un petit attroupement se forma autour de nous. Je mis une main sur l'épaule de Moktar pour qu'il se calme. À mon contact, il cessa de crier et me regarda. Suzy aussi s'était tue. Un peu de son maquillage avait coulé, barrant ses joues rouges d'une série de traits noirs.

— Tu racontes n'importe quoi. Tu es folle. Personne n'ira te croire. T'as des problèmes psychiatriques. Tu peux raconter ce que tu veux, personne ne va te croire. Moi, ici, tout le monde me croit, qui irait croire une pauvre... pute, dit Moktar dont la voix trembla sur le dernier mot.

Suzy réfléchit un moment puis lança :

— Ça n'empêche pas que je peux quand même essayer. Et puis je suis ta sœur. Comment se sent un militaire dont la sœur fait la pute pour le régiment ? Tous tes hommes qui vont me baiser c'est un peu comme s'ils te baisaient aussi, non ? Et où elle en sera ton autorité alors, une fois que tout le monde me sera passé dessus ?

Suzy émit la série de bruits stridents qu'elle voulait faire passer pour un rire puis, semblant se raviser, se mit à pleurer.

— Bande de salauds, bande de gros salauds... dit-elle en bousculant quelques-uns des spectateurs qui s'étaient rassemblés autour de nous pour rejoindre le bus.

— Attends, lui demanda Moktar. Ne fais pas ça. S'il te plaît.

Sans se retourner, sa sœur haussa les épaules.

J'avais aidé Moktar à rejoindre la chambre.

Il était aussi faible qu'un vieillard en fin de parcours. Il répétait des phrases en slovène que je ne comprenais pas mais qui avaient quelque chose d'à la fois triste et menaçant. Finalement il s'était assis sur son lit et s'était pressé le visage dans ses grosses mains de singe, étouffant les paroles slovènes et les sanglots qui lui montaient dans les yeux. J'étais resté planté devant lui ne sachant pas quoi faire, puis comme il restait sans plus bouger sur le lit avec son visage dans les mains, je lui avais mis une main sur l'épaule.

— C'est rien, c'est rien..., j'avais dit bêtement.

Il avait levé la tête vers moi. Il était incroyablement rouge. Ses yeux étaient aussi gros que des litchis génétiquement modifiés.

— Comment tu peux dire « c'est rien » ? Comment tu peux ? Tu te rends compte que si on en est là, c'est à cause de tes conneries, de ton incapacité ridicule à mener une mission à bien, ton incapacité à te prendre en main, ton incapacité à prendre une décision. Comment tu peux dire « c'est rien » ? Tu te rends compte que c'est encore moi qui vais devoir tout faire pour nous sortir de là ? Tu te fous des autres à ce point-là ? Tu te rends compte que si c'est pas moi qui la tue, la petite Caroline, personne ne le fera ? C'est la dernière chose que je ferai pour toi. Après ça mon ardoise sera effacée, tu crois pas ? Après ça on sera à un service partout. Tu m'as dépanné pour « Petit Pois », je te dépanne pour la chanteuse. Mais après ça je rentre chez moi et je m'occupe de ma famille, tu comprends. Et ne me dis plus jamais « c'est rien ». Tu n'as pas de sœur, tu n'as pas de famille. Dans mon pays, on dit que les gens sans famille sont des gens morts. T'es un mort mon pauvre vieux. Tu me fais pitié. Tu ne sais pas ce que c'est l'amour, tu ne sais pas ce que c'est la vie, tu ne sais pas ce que c'est que donner, à mon avis t'es pire qu'un mort, t'es un mort nuisible. Alors maintenant dégage, je veux que tu me laisses seul, il faut que je réfléchisse seul, alors dégage.

J'étais sorti de la chambre complètement assommé par la tirade de l'officier slovène et terrifié par son projet d'assassinat de Caroline. Un moment je voulus revenir sur mes pas et lui dire de tout laisser tomber, qu'il ne fallait plus assassiner personne, puis je me dis que ce n'était vraiment pas le moment, qu'il était comme un poids lourd lancé à pleine vitesse sur l'autoroute et que rien ne l'arrêterait. J'étais ressorti. Dehors la lumière était aveuglante. Toute la neige de la nuit avait été poussée le long des murs par les services techniques et elle s'y élevait maintenant comme une chaîne de montagne sale et grise. Le bus des putes, complètement vidé, s'était garé dans un coin et il n'y avait plus personne sur le parking de l'hôtel. Ça baisait probablement à tous les étages. Je me demandai si Dirk avait finalement eu le courage d'emmener Suzy, puis je m'aperçus que je m'en foutais. Sans doute Moktar avait-il raison : je n'avais pas de cœur, j'étais un homme mort.

45

Les jours qui suivirent, je vis très peu Moktar, il rentrait tard, souvent bien après que je me fus endormi, et se levait dès l'aube. J'eus d'abord peur qu'il n'essaye quelque chose à l'encontre de Caroline mais Dirk me dit que le Slovène passait son temps à marcher dans la campagne entourant la petite ville en parlant à la neige, aux arbres, aux nuages et aux herbes folles des malheurs de sa vie. Sans doute que, à l'instar de certains animaux malades cherchant par instinct l'aliment qui leur fera du bien, Moktar cherchait-il dans ces longues heures solitaires quelque chose pour soulager son esprit blessé. Dirk m'avait un peu collé au début, se disant sans doute qu'après le refroidissement de mes relations avec Moktar, il y aurait une place à prendre. Je crois que je ne répondis pas à ses attentes, que je dus être froid et distant car il finit par s'accrocher à une sinistre bande de soldats de l'armée régulière, passant le plus clair de leur temps à essayer de vendre des Polaroid de jeunes filles mortes pour s'acheter de l'alcool et des cigarettes.

Laissé à moi-même, sans personne à qui parler, mes idées devinrent sombres et amères. À la télévision, ils avaient passé plusieurs fois les images de Caroline et de Naxos se baladant dans la rue, dans un petit restaurant calme en train de manger des homards en riant. Dans une interview, la chanteuse déclarait n'avoir jamais été aussi heureuse, mais qu'elle désirait à présent que les journalistes lui laissent un peu d'intimité.

— Et les rumeurs d'une relation avec Irving Naxos?

— Les rumeurs sont les rumeurs, disait-elle. Pourquoi s'intéresse-t-on tant à tout ça? Nous sommes des gens comme les autres.

On lui disait alors qu'on l'avait vue dans tel magasin ou dans telle soirée ou dans tel restaurant à manger du homard en riant avec le chef des « Pluies de l'automne ». Pour répondre elle prenait un air qu'elle avait dû travailler pendant des heures avec des conseillers en communication : un peu agacée, un peu amusée, un peu « de bonne volonté », et elle disait que oui, c'est vrai, qu'ils se voyaient souvent tous les deux pour l'instant, qu'ils étaient très proches, que c'était un homme extraordinaire, que les gens pouvaient pas savoir, qu'il avait un cœur « gros comme ça », mais que vraiment il n'y avait rien de plus entre eux qu'une grande complicité, qu'elle pensait qu'aujourd'hui ce n'était plus le Moyen Âge et qu'à son avis une fille et un garçon pouvaient se voir sans que toute la ville en parle. Le présentateur riait, elle riait avec son rire hyper pro de petit oiseau exotique. Puis on passait « les fameuses images du baiser », très floues, très sombres, prises de très loin. Caroline s'énervait un peu, disait qu'on lui avait déjà posé la question, que c'était une intrusion horrible dans sa vie privée, que ces photos ne voulaient rien dire, que ce baiser était sur la joue et pas sur la bouche. Alors, pour calmer le jeu, le présentateur passait les images du nouvel album de Caroline Lemonseed que les producteurs avaient cru bon d'appeler « Amour ensemble ».

Malgré tout ça, malgré la romance avec le militaire, malgré les photos, malgré le nouvel album, malgré les émissions et les « best of », l'audience, pareille à une goutte d'éther sur un plaque de cuisson vitrocéramique, rétrécissait à vue d'œil. Le bruit courait que l'ancien aviateur recyclé en présentateur devenait fou, qu'il cherchait une solution de manière complètement obsessionnelle, que les annonceurs lui mettaient une pression insoutenable, qu'on menaçait de rompre son contrat sans dommages ni intérêts et qu'on ferait saisir sa maison du quartier résidentiel. En retour, il ne mangeait plus, ne dormait plus et engueulait ses collaborateurs du matin jusqu'au soir en leur faisant porter le chapeau. Il devenait un salaud injuste.

C'est une quinzaine de jours après l'arrivée du bus à putes, soit environ deux mois avant le concert de Caroline, que la grosse voiture sombre conduite par Juan Raul Jiminez vint se garer sous les fenêtres de l'hôtel Ibis. Je n'en avais pas cru mes yeux quand j'avais vu descendre, à la suite du colosse, l'infect Moïse Ben Aaron, le petit Japonais de chez Sony Music et, emmitouflé dans un grand manteau en poil de chameau, Jim-Jim Slater, son éternel sourire plastifié collé sur la figure.

46

Ma rééducation se passe plutôt bien. Grâce aux efforts de Nicotine, j'arrive à présent à me lever et à tenir debout plusieurs minutes durant. C'est une longue et pénible expérience que de devoir remuscler tout un corps après des mois d'inactivité; on n'imagine pas le nombre de muscles que l'on possède, le nombre de mouvements spécifiques qu'ils contrôlent ainsi que le nombre de petites douleurs potentielles à l'origine desquelles ils sont. Se redresser sur son lit fait travailler avant tout les abdominaux, c'est une douleur déchirante, puis les muscles du cou, douleur aiguë faite de pointes d'acier, et les muscles des épaules et du dos, douleur irradiante faite de braises brûlantes. Manger fait travailler les trapèzes et les maxillaires, prendre un verre d'eau sur la table fait travailler le biceps, le triceps, le deltoïde, les trapèzes et les muscles de l'avant-bras, douleur lancinante faite de mâchoires de chien. Le pire restant bien sûr, marcher, activité dans laquelle tous les muscles sont sollicités en même temps, des minuscules muscles des pieds aux grands dorsaux, et donnent lieu à une douloureuse symphonie de pointes, de braises et de mâchoires.

Nicotine ne me parle plus, elle m'a raconté l'histoire des enfants, mais à part l'image du long bâtiment gris, je ne m'en suis pas souvenu. Elle n'a pas eu l'air de me croire et je n'ai d'ailleurs pas vraiment cru à son histoire. Le médecin chef ne vient plus me voir, ni la petite étudiante en médecine. Je me suis surpris à parler tout seul, après l'agitation de ces derniers jours : être ainsi laissé à moi-même ne me réussit pas. Mes idées stagnent dans une eau noire et nauséabonde.

On a déposé un téléviseur sur la tablette en face de mon lit. Nicotine m'a dit que l'hôpital y était obligé à cause de la masse de subsides qu'il reçoit des annonceurs et qu'il fallait que les malades, comme les gens du dehors, puissent voir les émissions et les publicités. Je regarde plusieurs heures par jour : sur la chaîne câblée on ne parle plus de la guerre dont les droits de retransmission ont été vendus à une petite chaîne concurrente jusquelà spécialisée dans le culinaire et le reportage animalier. Par contre, on y retransmet jour après jour les épreuves des Rencontres interdisciplinaires, commentées par l'indéboulonnable ancien aviateur devenu présentateur, et entrecoupées par les susurrements onctueux de Jim-Jim Slater. Pas de Caroline. Il reste encore quelques brèches dans ma mémoire et, outre les quelques images qui me remontent depuis le début, je ne sais toujours pas ce qu'il s'est réellement passé au mois de mars 1978, au milieu des tirs et des explosions. De même que l'image du long bâtiment gris, bien que revenant souvent flotter dans mes rêves depuis quelques jours, n'éveille en moi que le souvenir d'un vague malaise que je n'arrive pas à identifier.

Je me lève, la douleur gronde, je me rends jusqu'à la fenêtre. La vue n'est pas extraordinaire : quelques murs, des fenêtres aux rideaux tirés et sept ou huit étages plus bas, une arrière-cour où d'énormes poubelles en plastique vert sont rangées côte à côte. Une porte donne sur un local technique où l'on brûle les déchets organiques. J'y vois souvent rentrer des hommes en tablier, poussant devant eux de petites charrettes chargées des sacs en plastique provenant des salles d'opération et contenant les bandes de gaze souillées, les compresses, les tubes et sondes à usage unique et, sans doute, tels ou tels organes malades dont un chirurgien aura pratiqué l'ablation. Je regarde s'élever la fumée dans un magnifique ciel de septembre, un courant d'air en pousse quelques particules jusqu'à ma chambre. L'odeur est étrange : celle d'une poêle en Teflon où l'on aurait laissé brûler quelque chose. Nicotine entre dans ma chambre, c'est sa petite visite du jour.

Quand je me retourne je dois avoir le visage de quelqu'un qui vient d'assister à un grave accident de voiture, je me suis mis à trembler, une sueur glacée perle sur mon front, en un instant je me suis souvenu de tout.

47

L'arrivée de Jim-Jim et de sa bande de tordus m'avait un moment plongé dans une véritable panique car j'avais cru qu'ils venaient pour moi. Je m'étais mis à attendre assis sur le lit, face à la porte de ma chambre, tendu comme un arc et le cœur battant à grands coups sourds contre ma poitrine.

Après dix minutes d'attente, je passai la tête dans le couloir vide et je me décidai à aller voir jusqu'à l'entrée où un militaire dégarni somnolait à côté d'une pile de revues de sports mécaniques.

— Il est allé voir le présentateur télé. Il avait un rendez-vous, m'avait dit le dégarni en s'étirant.

Je ne compris pas immédiatement la portée de cette nouvelle. Je m'étais simplement dit qu'avec le succès qui lui revenait peu à peu, Jim-Jim présentait à nouveau de l'intérêt en tant que produit d'appel pour la chaîne qui, selon les rumeurs, était victime d'un inquiétant tassement de son audience. Rien de commercialement catastrophique, on était loin de toute forme de faillite, elle n'était même pas déficitaire, mais selon les avis des spécialistes, il ne s'agissait que de l'effet retard des deux ou trois très bonnes années précédentes et l'année en cours risquait d'être nettement moins favorable. D'autres chaînes arrivaient dans les foyers, proposant des émissions qui marchaient de plus en plus fort à des prix très concurrentiels, fidélisant un audimat chaque jour grandissant, décrochant d'intéressants contrats avec des groupes qui, jusque-là, avaient toujours boudé la logique publicitaire. Les annonceurs et les responsables de la chaîne câblée devenaient, disait-on, nerveux, se crispaient sur l'idée que l'érosion devait avoir une cause claire et précise, se brûlaient l'estomac sous des litres de suc gastrique chaque fois qu'un abonné se désabonnait, et enfin, pleuraient presque à l'idée de n'être plus que des seconds couteaux dans le paysage audiovisuel qu'ils avaient si longtemps occupé à une place aussi enviable que celle du mont Blanc au milieu des Alpes.

J'avais cherché Moktar pour lui dire que le chanteur et ses potes étaient là mais on me dit qu'il était sorti et comme à son habitude depuis l'arrivée de sa sœur, qu'il était dans Dieu sait quel sous-bois à parler à la neige, aux arbres et aux nuages. J'étais retourné dans ma chambre et je m'étais collé devant mon écran de télévision. Les heures passèrent. Avec le soir un vent brutal arriva du nord, chargé de neige et de glace. À regarder par la fenêtre et à voir les flocons passer à toute allure dans un bruit de moteur électrique, on avait l'impression d'être enfermé dans un énorme mixer. Les heures passées devant l'écran m'avaient séché les yeux comme du papier. Dans ma tête, un type faisait fondre mon cerveau au chalumeau. On frappa à la porte.

Quand Moïse Ben Aaron entra dans ma chambre, immédiatement suivi d'un Juan Raul Jiminez plus préhistorique que jamais, je fus certain qu'ils étaient là pour me battre à mort. Je ne pouvais pas fuir, je ne pouvais pas me justifier d'une manière convaincante pour le retard dans l'exécution de ma besogne, et, d'un coup, comme une montée de fièvre, je fus envahi par la grande fatigue que l'on éprouve face aux épreuves inéluctables. Je m'assis sur mon lit pour y attendre les coups.

Moïse eut un petit rire gluant de créature marine. Laissant Juan Raul debout devant la porte, il vint s'asseoir à côté de moi.

— Eh bien mon vieux, on peut pas vraiment compter sur toi. On te demande de rendre un service et tu n'en es même pas capable. Je ne comprends pas ce genre de mentalité. Tu as une dette, tu aurais dû tout faire pour t'en acquitter. Je me trompe ?

— Non. Je suis désolé.

Je disais ça en essayant de prendre un ton misérable de petit chien. Essayer de leur faire pitié était la seule défense qu'il me restait.

— Tu lui as cassé les dents !

— Je suis désolé, j'avais répété.

— Mais bon. Les temps changent. Tu as dû entendre que pour Jim-Jim ça bougeait pas mal ces derniers temps.

— Je l'ai entendu dire.

— C'est une vraie résurrection. Il revient de loin tu sais. À un moment j'ai même cru qu'il était mort. Il avait l'air vivant, mais j'aurais juré qu'il était mort. Il y avait ce truc qu'on a dans les yeux, ce petit reflet, tu sais, eh bien chez lui ce petit reflet avait disparu. Heureusement Juan et moi on s'est bien occupés de lui, on a fait papa maman pendant des semaines, on l'a empêché de se foutre en l'air, on a encouragé l'atome de volonté qui restait en lui. On lui disait : « Vas-y atome, courage, on sait que tu es encore là, tu vas y arriver. » Et l'atome a repris le dessus, comme un vaillant petit soldat.

Un jour il était seul, puis ils ont été deux, puis cent, puis mille, puis, un beau matin Jim-Jim est arrivé devant nous — tu t'en souviens Juan ? — et il a dit : « On va faire un album qui va décoller les papiers peints » — tu t'en souviens Juan ? « décoller les papiers peints ». Et tu sais ce qui s'est passé ?

Je fis non de la tête, un peu perdu dans son discours. Moïse continua :

— Le petit reflet dans ses yeux était revenu.

Il se tut, son œil unique semblant perdu dans une série de merveilleux souvenirs. Il reprit :

— Jim-Jim s'est dit que tout ça, les atomes, les reflets, c'était peut-être Dieu qui lui donnait une chance. Tu crois en Dieu ?

— Je ne sais pas, j'avais répondu.

— Si tu ne sais pas, c'est que tu ne crois pas. Jim-Jim, lui, il sait. Et il sait ce que Dieu a dit. Dieu a dit : « Il faut pardonner. » Pour Jim-Jim le pardon c'est sa façon de remercier Dieu tous les jours, et tu sais quoi ?

Une fois encore j'avais hoché la tête.

— Jim-Jim a décidé de te pardonner cette histoire avec sa femme : les dents cassées et tout ça. Et Jim-Jim s'est dit que la petite Caroline c'était aussi une vieille histoire qu'il pouvait ranger au fond de ses armoires, qu'il pouvait tirer un trait dessus, qu'il pourrait même lui venir en aide, aujourd'hui que le vent a tourné pour elle. Alors voilà pourquoi je suis ici à te parler : pour te dire qu'on ne te demande plus rien et aussi, puisque Jim-Jim nous l'a demandé, pour te dire qu'on s'excuse pour le Vietnamien avec qui ton copain jouait au mah-jong. C'étaient de sales histoires à une sale époque, hein ? Bon, voilà, c'est ce qu'on avait à te dire. Sans rancune alors ?

Il se releva, me tendit une main que je serrai en la trouvant étonnamment dure pour un homme de son gabarit, et il quitta ma chambre, suivi par la silhouette de grand mammifère ongulé de Juan Raul Jiminez. Quand je m'étais retrouvé seul, une étrange sensation de vertige me fit tourner la tête. Je n'étais plus lié par rien, je ne devais plus rien à personne, j'étais libre et Caroline allait vivre.

Dehors, dans la nuit opaque, le vent de l'hiver mixait ses flocons plus violemment que jamais. Moktar n'était toujours pas rentré.

48

Bientôt, je crois qu'on me laissera m'en aller. Ce prochain élargissement de mon univers et ses conséquences m'inquiètent un peu. Je n'ai, à vrai dire, aucune envie d'être libre. Je n'ai rien à faire d'une liberté dont je n'ai jamais su me servir.

Nicotine quitte à peine ma chambre et les nouvelles dont elle était porteuse ne sont pas très bonnes : je n'ai plus rien. Pire, des dettes se sont multipliées dans mon dos comme une colonie de rats prospérant dans une maison en ruine. L'appartement que j'habitais avant toute cette histoire a fini par être reloué mais, durant mon séjour ici, aucun loyer n'a été versé au propriétaire, et pour cause... Je lui dois trois mois, plus les charges de l'immeuble, plus des indemnités de relocation, plus une série de frais entraînés par des travaux de rénovation exécutés à des tarifs exorbitants et dont, selon une obscure clause du bail, j'aurais la charge. Je dois également payer un certain nombre de factures d'eau, d'électricité et d'assurances sous peine de poursuites. Tout ce que j'avais pu mettre de côté sur mon compte épargne durant la grande époque de Moktar a été saisi pour couvrir mon long passage dans cet hôpital. Dans ces conditions, je me demande à quoi pourra servir ma liberté.

Je n'ai plus d'amis. Dès le jour de mon entrée dans cette foutue chambre de malade, madame Scapone, qui me rend responsable de tout, a ameuté les ligues pour leur balancer tous ces trucs nauséabonds dont elles raffolent. Les ligues, généreusement soutenues par une chaîne privée faisant de l'humanitaire son fonds de commerce, ont sauté sur ces histoires comme une bande de chiens errants sur un rôti de veau abandonné au milieu de la route. Ça faisait rigoler les annonceurs de la chaîne humanitaire, ça emmerdait les annonceurs de ma bonne vieille chaîne câblée : c'était le jeu de la rigolade des uns et de l'emmerdement des autres. Et ces parties se jouaient en faisant défiler mon visage et mon nom sur les écrans à longueur de journée, accompagnés de l'histoire des bus et de celle des enfants. Le plus drôle, c'est que dans le fond, cette tête et ces histoires tout le monde s'en foutait. Mais en application de la règle éternelle qu'il faut bien faire mousser quelque chose, et conséquemment à l'excellent plan média de la chaîne humanitaire et de ses annonceurs, j'étais devenu le mouton noir le plus noir de toute la ville. Moktar mort, Suzy morte, madame Scapone fâchée, Dao Min refusant de me répondre au téléphone, des dettes jusqu'au sommet du crâne : il était beau mon avenir.

En partant, Nicotine m'a laissé quelques cachets d'antalgiques prescrits par le médecin. Il me font un effet agréable, l'impression d'être dans une boule de coton soyeuse. Je me dis que les choses auraient pu changer, jusqu'à la fin. Par exemple, si j'avais réussi à calmer Moktar, si j'avais réussi à le retrouver dans la nuit et le froid après la visite de Moïse Ben Aaron et si je l'avais pris dans mes bras en lui disant : « Mon ami, t'en fais pas pour ta sœur, on va trouver une solution, dans le fond elle t'aime, elle t'aime mal mais elle t'aime, et moi aussi je t'aime, viens, foutons le camp, on rentre et on laisse tomber tout ça. » Mais bien sûr je ne le lui ai pas dit, je ne lui ai rien dit, et cette nuit-là, j'étais resté seul dans la chambre à écouter le vent faire grincer les châssis. C'est au petit matin qu'un garde parti pisser derrière un hangar découvrit le corps de Suzy, grosse masse de chair grise couverte d'auréoles bleues, recroquevillée dans la neige en position fœtale, ses vêtements de pute en cercle autour d'elle, aussi tristes qu'une compagnie d'orphelins en voyage scolaire.

49

Moktar avait déjà été prévenu et je le retrouvai debout devant le corps dénudé de sa sœur, entouré de deux ou trois curieux lui donnant des petites tapes dans le dos sans qu'il semble s'en apercevoir. Il ne m'avait rien dit, il ne m'avait pas regardé, il avait ramassé les vêtements de sa sœur, les avait fourrés dans une poche puis, ne s'adressant à personne en particulier, avait demandé qu'on la recouvre avec quelque chose. Un des types avait couru et était revenu avec une des nappes en toile cirée à motifs fleuris du réfectoire. L'image était presque amusante.

Grâce à un témoin qui les avait vus quitter le bar en compagnie de Suzy, on avait facilement retrouvé les cinq coupables et ils avaient reconnu les faits, conscients que nier l'évidence leur attirerait plus d'ennuis que l'inverse. Dirk nous raconta donc comment, avec ses quatre nouveaux amis, ceux qui faisaient dans le commerce de Polaroid de filles mortes et dans le film de viols de jeunes réfugiées, ils avaient rencontré Suzy déjà complètement bourrée en train de racoler au bar. Eux aussi étaient bourrés. Ils avaient tourné un film l'après-midi et avaient vendu la cassette. Ils en étaient venus à boire avec Suzy et, *dixit* les cinq types, « ils rigolaient bien ». Sa journée à elle n'avait pas été bonne, c'est ce qu'elle leur avait dit, et elle leur faisait un prix pour tous les cinq, comme les visites guidées, c'était drôle comme proposition. Ils avaient encore ri, ils avaient encore bu. Puis, un des cinq, on ne sut jamais lequel, dit qu'ils étaient d'accord pour la visite guidée. Suzy dit que ça se faisait dans une chambre qu'elle louait pas loin de là et ils étaient tous sortis, Suzy devant, en rigolant bien fort, excités par le film qu'ils avaient tourné et excités par le gros cul que Suzy agitait sous leurs yeux. Ils avaient suivi Suzy dans les petites rues surgelées, puis après un moment, elle s'était arrêtée et s'était mise à pleurer. Elle ne se souvenait plus où se trouvait l'appartement qu'elle louait, elle ne l'avait visité qu'une seule fois durant l'après-midi, le temps d'y laisser ses affaires et de payer pour la semaine. Ça, *dixit* les cinq types, « ça les avait énervés ». L'un d'eux avait dit qu'on n'avait pas besoin de chambre. Suzy avait dit « pas de chambre, pas de visite ». Ils avaient été encore plus énervés et ils avaient commencé à la pousser derrière un hangar. Comme elle répétait « pas de chambre, pas de visite », l'un des types, on ne sut jamais lequel, se mit à lui taper dessus, suivi par les quatre autres, si bien qu'elle finit par tomber par terre, plouf, sans bruit, dans la neige. Les types continuèrent à lui taper dessus, comme ça, « sans trop savoir pourquoi », et ils arrachèrent ses vêtements. Une fois qu'elle fut à poil et dans les pommes, les types s'aperçurent qu'il faisait trop froid et qu'ils étaient trop bourrés pour baiser quiconque et l'un d'eux, on ne sut jamais lequel, sortit le Polaroid qui appartenait au groupe et prit quelques photos.

J'avais vu les photos, elles étaient mauvaises, elles étaient tristes, mais Moktar ne supportant pas l'idée qu'elles circulaient parmi les soldats, les avait achetées pour les brûler. Dirk et les quatre autres types avaient reçu des blâmes, ils avaient dû serrer la main de Moktar en s'excusant et s'engager à payer les frais de transport du corps jusqu'en ville. Ça ne se voyait pas, mais les quelques structures mentales encore stables qui se maintenaient péniblement dans l'esprit du Slovène s'étaient, en une matinée, effondrées comme une série de châteaux d'allumettes pris soudain dans un violent courant d'air. Moktar allait encore fonctionner cinq jours sur ses réserves, le temps de serrer quelques mains, de recevoir quelques condoléances et d'organiser de loin l'enterrement de sa sœur. Mais pour lui tout était bel et bien fichu, ces cinq jours qui lui restaient à vivre allaient être pareils à cinq prisons vides, froides, sans lumière, avec pour seuls compagnons des regrets et une armée de fantômes.

50

Mon Moktar chéri,

Toutes mes condoléances et toutes celles de Dao Min qui a dit qu'il était bouleversé par la nouvelle. Le corps de ta sœur est bien arrivé avec le camion et, en attendant l'enterrement, ils l'ont mis dans la morgue de l'hôpital militaire où il pourra attendre ton retour. Ça c'était la bonne nouvelle. La mauvaise c'est que les frais pour tout ça seront plus élevés si tu t'obstines dans l'idée d'un enterrement avec les honneurs militaires. D'ailleurs personne ne comprend pourquoi elle aurait droit à de pareils honneurs alors qu'elle ne faisait pas la différence entre une grenade et un bouton de manchette. Mais enfin, je ne discute pas là-dessus, après tout c'est ton argent.

À part ça, j'attends de tes nouvelles, tu n'as pas répondu à ma lettre précédente et je ne trouve pas ça gentil. J'y abordais pourtant des problèmes dont je me suis occupée seule mais qui nous concernent tous les deux. J'ai toujours considéré qu'un couple devait fonctionner selon un principe d'échange et non à sens unique avec quelqu'un qui s'épuise à donner sans jamais rien recevoir. Moi aussi, mon amour, j'ai besoin d'attention et de considération. Les femmes sont comme ça. Je ne veux pas t'embêter avec ça alors que tu es sur les routes à essayer de rester en vie mais j'espère que tu comprends ce que je veux te dire. En tout cas, s'il te plaît, donne de tes nouvelles.

Ta Scapone à qui tu manques.

Depuis la mort de Suzy, Moktar ne m'avait plus parlé. Quand on se croisait, il prenait un air absent et fixait un point situé loin derrière moi. J'avais, bien entendu, essayé de lui raconter ma rencontre avec Moïse et Juan Raul, la disparition de notre objectif, l'absence d'objet de notre présence ici, mais il n'avait pas réagi. Mes phrases étaient d'agaçants petits insectes qu'il chassait du revers de la main. Je ne le comprenais plus, ses agissements semblaient obéir à d'obscures lois de thermodynamique en vertu desquelles les mouvements ne pouvaient prendre fin que lorsque l'énergie initiale était complètement épuisée. En un mot, celui qui avait été mon meilleur ami continuait sur sa lancée.

Alors moi, par inquiétude, par espoir de revoir Caroline dont le nom était gravé sur mon cœur en caractères Times New Roman, par désœuvrement et par l'habitude acquise de suivre quelqu'un, j'étais resté avec les « Pluies de l'automne » en justifiant cette attitude imbécile par une posture mentale du genre : « Ça ou autre chose, quelle différence ? » Aujourd'hui, au regard de toute cette histoire je me dis que je dois avoir des limaces parmi mes ancêtres.

Sur le calendrier, nous étions entre Noël et le nouvel an. Toutes les chaînes de télé commençaient à s'exciter autour de ce qui allait devoir constituer le programme des fêtes. Tout le monde y allait de sa petite idée originale pour attirer un public qui, en ce moment, était plutôt neurasthénique. Selon les patrons de chaîne, il fallait quelque chose capable de rassembler les familles, de toucher les cœurs, de mettre les mois d'hiver sous le signe du partage et du don. Les annonceurs, qui profitaient de la période pour saigner à blanc tous les êtres vivants susceptibles de consommer, étaient d'accord avec ça à cent pour cent : don et partage, il ne fallait pas regarder à la dépense.

À ce titre, la chaîne câblée avait eu une idée qui était censée lui faire retrouver les faveurs du public et, par voie de conséquence, celles des annonceurs. On ne sut jamais exactement qui y avait pensé, le projet semblait être sorti du néant lors d'une des nombreuses séances de brainstorming du conseil d'administration, mais ce qui était certain, était que le titre : « Opération enfance en danger », était signé par l'ancien aviateur.

Les héros de l'événement qui serait transmis en faux direct pour la nuit du nouvel an allaient être la star en perte de vitesse Caroline Lemonseed, le très charismatique Irving Naxos, le toujours populaire ancien aviateur et, pour la première fois à l'écran, monsieur Store de Kellogg's, monsieur Bone de General Food, monsieur Tuning de Petrofina et monsieur Spinning des processeurs Spinning. Les trois annonceurs voyaient dans le projet l'occasion rêvée de montrer au public que leurs sociétés, avant d'être des machines à fabriquer du capital, étaient presque des organisations caritatives.

C'était cinq jours après la mort de Suzy. Depuis la veille nous préparions l'émission avec Naxos et l'ancien aviateur, ça allait être facile. En plein milieu de la campagne, la chaîne câblée avait construit dans une vieille ferme le décor d'un hôpital. Elle y avait installé un peu de matériel médical, une centaine de lits, avait payé quelques étudiantes infirmières pour faire de la figuration et avait rempli le tout avec des enfants de cinq à onze ans trouvés dans les camps de réfugiés et les villages des environs. Caroline y chanterait des airs de Noël et les annonceurs y distribueraient, avec notre aide, des cadeaux aux gosses. Simple comme bonjour.

On nous avait distribué les amphétamines, les blousons publicitaires, et nous étions descendus sur le parking de l'hôtel pour y attendre les annonceurs, Caroline, Naxos et le présentateur. Les équipes techniques de la chaîne étaient déjà sur place, les mêmes que pour notre première opération : les trois frères qui s'engueulaient, le cameraman qui nous avait suivis dans la HLM, et les deux équipes image-son qui se baladaient en véhicules tout-terrain. Il était tôt, le soleil n'était pas encore levé, avec l'obscurité, on se serait cru dans une chambre froide. Quelqu'un avait eu l'idée de décorer l'entrée de l'hôtel avec un sapin clignotant, quelques guirlandes et quelques boules. Sans les amphétamines, je crois que j'aurais attrapé un méchant cafard.

Les héros du jour finirent par arriver et, hormis Naxos qui affichait la même expression impassible qu'à l'accoutumée, Caroline, le présentateur et les annonceurs avaient l'air complètement crevés de s'être réveillés si tôt pour le long trajet en monospace jusqu'aux studios. On nous fit monter dans nos camions, les équipes télé montèrent dans leurs 4 × 4 et nous partîmes.

51

Le trajet fut loin d'être amusant. Tout le monde savait pour Moktar, tout le monde savait pour Dirk et, du coup, tout le monde se taisait. Le silence tendu régnant à l'intérieur du camion était pire que tout pour notre moral, si bien que lorsque nous étions arrivés après cinq heures de trajet à travers la campagne, le présentateur avait dû nous faire recommencer deux fois la scène de la « descente des camions ».

— Vous êtes sinistres, il nous avait dit. C'est une émission pour le nouvel an. On veut des gens qui sourient et qui sont heureux d'être là. Pas une bande de soldats qui tirent la gueule.

Nous étions remontés dans le camion et nous en étions redescendus en affichant de bêtes sourires artificiels.

Les trois annonceurs, eux, étaient de très bonne humeur. C'était le genre de petite excursion qui devait les changer de leurs déjeuners d'affaires et de leurs interminables réunions. Quant à Caroline et Naxos, heureux ou pas en cette matinée d'hiver, ils étaient les plus pros d'entre nous et affichaient une mine rayonnante de bonheur et de joie de vivre qui aurait pu me tromper si je ne m'étais souvenu de ce que la chanteuse m'avait confié l'autre soir sur le Boucher des oliviers.

— On dirait vraiment une bête vieille ferme, m'avait dit Dirk en désignant les longs bâtiments gris.

Il n'avait pas tort. De l'extérieur, rien n'aurait laissé soupçonner qu'il y avait là un studio télé, un décor d'hôpital, des infirmières venues faire de la figuration et une soixantaine d'enfants. Quand le présentateur nous avait fait entrer, Dirk, qui se tenait à côté de moi, avait laissé échapper un sifflement admiratif.

— Bon sang, ils ont bien fait les choses!

L'endroit, fraîchement repeint, était d'un blanc immaculé. Des portes avaient été installées, des cloisons avaient été posées, quelques appareils médicaux traînaient dans les coins histoire d'être dans le champ des caméras quand celles-ci se mettraient en action et cinq ou six infirmières allaient et venaient entre les lits où se trouvaient les enfants qui complétaient le décor.

— Ils sont arrivés hier, nous dit Naxos. Ils ont passé la nuit ici. On leur a servi deux repas chauds et on leur a filé des jouets pour qu'ils restent calmes. Il faut qu'ils aient l'air un peu souffrants, pas trop gais, pas de bonne humeur, mais il faudra qu'ils aient l'air émerveillés quand Caroline chantera et qu'ils recevront des cadeaux.

Pour l'instant, les enfants n'avaient pas l'air souffrants du tout et il s'élevait une puissante cacophonie de cris, de rires et de pleurs à travers laquelle on avait du mal à comprendre les explications de Naxos.

— On va commencer dans une heure. Les émissions avec les enfants, c'est bon pour l'audience mais c'est toujours un vrai bordel, alors il faut accepter le fait de perdre du temps, de recommencer plusieurs fois la plupart des prises et qu'à peu près rien ne peut faire tenir tranquilles soixante gosses.

Au moment où il disait cela, trois gamins passèrent près de lui en courant, manquant de le faire tomber. Un éclair de colère passa dans ses yeux.

— Je ne veux pas les voir courir comme ça dans tous les sens pendant qu'on installe les caméras. Ça coûte une fortune. Débrouillez-vous pour les empêcher de courir. Je veux qu'ils aient l'air faibles, merde ! il avait crié à une des jeunes infirmières, qui prit soudain un air affairé.

Très rapidement, les techniciens de la chaîne mirent en place les caméras, les projecteurs, les écrans de contrôle et les micros. Les gosses s'étaient soudain calmés et les regardaient faire d'un air fasciné. Les trois annonceurs buvaient un café avec le présentateur, Caroline, assise sur un lit, une petite fille frisée sur les genoux, faisait des essais de micro. Dans un coin, Moktar regardait tout ça d'un air sombre et je fus soudain pris de pitié pour cet homme qui avait définitivement perdu tout ce qu'il avait de plus précieux.

Le présentateur rassembla les « Pluies de l'automne » et leur expliqua la suite des événements.

— Il y aura trois séquences : primo les chansons de Caroline, où il faudrait que les enfants chantent et tapent dans les mains, secundo votre arrivée avec des cadeaux et tertio les enfants qui remercient les annonceurs. Il nous faut environ une heure d'image, avec les publicités qu'on pourra y intégrer, ensuite ça fera une émission d'environ une heure et demie qui passera en première partie de soirée le 31 décembre. Vous ferez donc comme si nous étions effectivement le dernier jour de l'année et quand vous parlerez, vous direz « bonsoir » même s'il n'est pas encore midi. Est-ce qu'il y a des questions ?

— Et quand va-t-on rencontrer les danseuses nues de la seconde partie de soirée ? avait demandé Dirk.

Tout le monde avait rigolé sauf Moktar qui avait gardé son air sinistre.

52

L'explosion de la bombe avait été déclenchée lorsque monsieur Spinning des processeurs Spinning avait relevé la planche des toilettes où il était parti pisser. Ce n'est que plus tard, suite à l'enquête, que l'on détermina comment l'engin avait fonctionné : le système était ingénieux, à la fois simple et indétectable, et la charge placée était manifestement énorme. Le responsable n'y avait pas été de main morte. Les toilettes se trouvaient heureusement assez loin du studio de fortune, elles avaient été installées à la va-vite dans ce qui avait dû être une ancienne étable à grande capacité qui présentait des facilités d'écoulement, mais tout le monde, dans un rayon de trente mètres, fut plus ou moins grièvement blessé. Vu que l'explosion précéda de cinq minutes le début du tournage, et que la plupart des « Pluies de l'automne », monsieur

Bone, monsieur Store, monsieur Spinning, Naxos, Caroline, une infirmière et six techniciens étaient, par prudence, partis vider leur vessie, le résultat fut un véritable carnage. Monsieur Bone reçut un éclat de verre dans l'artère fémorale, monsieur Store fut blessé à l'abdomen par une pièce de métal surchauffée, l'infirmière fut brutalement projetée contre une ancienne machine agricole qui lui sectionna la moelle épinière en deux endroits, les six techniciens qui attendaient leur tour en rang d'oignons à proximité d'une cuve contenant des produits solvants furent brûlés, qui aux yeux, qui aux mains, qui aux jambes ou qui, le pauvre, des genoux au sommet du crâne. Une lourde porte sortit de ses gonds et parcourut plusieurs mètres avant de percuter Naxos en lui brisant plusieurs côtes et une épaule, un manche de pioche, jailli d'on ne sait où, heurta à pleine vitesse le front de Caroline qui perdit aussitôt connaissance, la vingtaine de « Pluies de l'automne » qui se racontaient des blagues idiotes sous une verrière en fer forgé fut prise sous un déluge mortel de morceaux de verre coupants comme des rasoirs et, enfin, monsieur Spinning fut instantanément mis en pièces, vaporisé avant d'avoir pu pisser la moindre goutte.

Les chanceux, dont je faisais partie, qui

étaient restés dans le studio eurent l'impression qu'un avion gros porteur venait de s'écraser à quelques mètres. Nous étions sortis, suivis par quelques enfants complètement terrorisés par le bruit et nous étions tombés sur cette masse de blessés et de cadavres.

La neige avait pris une couleur rosée faite de sang et d'eau. Nous avions retrouvé les deux annonceurs survivants, Naxos à moitié dans les pommes à cause de ses fractures, Caroline recroquevillée sur une congère, les corps gémissants des techniciens, et les « Pluies de l'automne » ensanglantés, couverts de coupures profondes. Un peu en retrait des autres, Moktar gisait, lui aussi inconscient. Je courus jusqu'à lui, constatai que sa jambe droite était pliée à contresens et qu'un peu de sang s'écoulait de son nez. Néanmoins il respirait. Je ne savais pas quoi faire, il ne restait que quelques « Pluies de l'automne » aussi attardés que Dirk, le présentateur télé complètement sous le choc, deux techniciens, quatre ou cinq infirmières au bord de la crise de nerfs et les soixante gosses qui s'étaient mis à hurler à la vue des blessés.

Je n'ai jamais aimé commander. Je n'ai pas l'âme d'un chef, mais à ce moment je compris que je n'avais plus le choix.

— Il faut rentrer tout le monde et les installer sur les lits, j'avais dit.

Les quelques adultes valides s'exécutèrent, manifestement heureux que quelqu'un prenne les choses en main.

Je m'occupai personnellement du transport de Caroline, toujours sans connaissance, dont le haut du visage avait enflé de manière étrange. À part l'infirmière qui s'était brisé le cou et monsieur Spinning qu'on ne retrouva pas, personne d'autre n'avait été tué. Cela tenait du miracle, mais nous avions trente et un blessés sur les bras, dont certains comme monsieur Store, monsieur Bone ou les vingt « Pluies de l'automne » dans un état grave.

— Appelle à l'hôtel et dis-leur de nous envoyer un hélico avec des médecins. Tu leur dis le nombre de blessés et tu essays de décrire dans quel état ils sont pour qu'ils prennent tout ce qu'il faut avec eux, j'avais dit à Dirk qui avait filé chercher la radio dans le camion.

Je m'étais approché de Caroline et j'avais caressé son visage. C'était la première fois que je la touchais. Sa peau était douce et tiède.

— Y a rien. On n'a pas pris le matériel radio avec nous, avait fait Dirk essoufflé. C'était pas une vraie opération militaire, c'était sans doute pour ça.

J'avais juré. Pas une vraie opération militaire, quelle connerie !

— Bon, ici il doit bien y avoir un téléphone ? j'avais demandé à une infirmière dont les cheveux roux tombaient dans la figure.

— Heu... non. Vous savez, ici vous êtes dans une vieille ferme. C'est juste un décor et ils n'ont pas pensé qu'on aurait besoin d'un téléphone.

J'avais fermé les yeux. C'était une catastrophe. Nous étions coincés là avec des blessés ayant besoin de soins urgents et nous n'avions aucun moyen de communication.

— Combien de temps on mettrait avec un de vos 4 × 4 pour retourner jusqu'en ville ? j'avais demandé à un cameraman aux mains brûlées, grimaçant de douleur dans un coin.

— En roulant bien et en coupant aux bons endroits, il faudrait deux heures, avec de la chance...

— Plus une heure pour que les secours puissent s'organiser et encore une demi-heure pour qu'ils arrivent jusqu'ici en hélicoptère.

— Minimum, avait fait Dirk.

— Minimum, j'avais dit. Mais on n'a pas le choix.

Un des « Pluies de l'automne » rescapé se porta volontaire : un petit homme nerveux qui était livreur dans le civil.

— J'ai l'habitude de conduire vite, si quelqu'un doit y aller, c'est moi !

— Dépêche-toi. Il y en a qui sont en train de mourir ici.

Le livreur était parti en courant vers les 4 × 4.

Tous les blessés étaient allongés sur les lits du faux hôpital, certains gémissants, certains, comme Moktar ou Caroline, dans les pommes. La vague de terreur était passée et les gosses les regardaient avec curiosité. La fillette frisée qui était assise sur les genoux de Caroline pendant qu'elle répétait ses chants de Noël était restée près d'elle, comme un petit animal préoccupé par la santé de son maître. J'avais rassemblé les cinq infirmières valides et je leur avais demandé de faire le point sur l'état des blessés. Au bout d'un moment la rousse aux cheveux dans la figure était revenue avec son bilan.

— Il y en a qui sont seulement en état de choc, avec quelques fractures, mais rien de grave. Votre ami le costaud, votre chef et Caroline Lemonseed, ceux-là ça va. Pour les brûlés, je sais pas trop quoi faire. Je crois qu'il ne faut pas y toucher. Si on avait des antalgiques, on pourrait peut-être leur en donner mais bon... Par contre il y a une vingtaine de vos copains et les deux types en costume qui perdent beaucoup de sang. Si on ne leur fait pas une transfusion rapidement je crois qu'on risque de les perdre.

— Une transfusion ? j'avais demandé.

— Une transfusion sanguine, avait dit la rousse.

— Et vous savez faire ça ?

— Oh, normalement ce sont les médecins qui s'en occupent, mais en cours on nous a expliqué comment faire. C'est pas trop compliqué.

— Mais il vous faut du matériel.

— Le matériel, c'est pas le problème. Les gens qui ont construit les décors ont mis ce qu'il fallait dans les armoires. C'est un coup de chance qu'ils aient été perfectionnistes.

— C'est quoi le problème alors ?

— Eh bien le sang. Pour vingt-deux personnes, il en faut des litres et des litres, vous savez.

— Ah bon, j'avais dit en réfléchissant à toute allure.

— Et puis ça affaiblit terriblement, avait dit l'ancien aviateur. Les soldats en opération ne peuvent pas donner leur sang, car après ça, si vous faites un effort, vous risquez d'avoir un malaise. En tout cas, c'était la règle du temps où j'étais dans l'armée de l'air et à mon avis ça n'a pas changé.

Nous ne pouvions pas non plus immobiliser les infirmières.

Deux petits garçons se battaient juste devant nous. L'un d'eux saignait du nez, des taches rouges maculaient un T-shirt Mickey beaucoup trop grand pour lui. C'était à ce moment que j'avais eu mon idée.

— Et les enfants? j'avais demandé à l'infirmière qui prit un air choqué.

— Ils sont trop petits. Ils n'ont pas assez de sang, elle avait répondu.

Mais j'avais insisté. J'étais sûr que nous tenions la solution.

— On pourrait en prendre plusieurs par adulte. Il en faudrait combien selon vous?

— Je... je ne sais pas. Aux cours, on nous disait que c'était une question de poids. Je ne sais pas tellement comment ça marchait, mais il y a parmi les blessés des types d'au moins quatre-vingts kilos. Le plus lourd des gosses doit faire dans les trente-cinq kilos. Les autres doivent faire entre quinze et vingt..

— Il faudrait quatre enfants par adulte.

— Quelque chose comme ça. Je crois, fit la rousse en se grattant la tête.

— On a vingt-deux blessés, ça ferait quatre-vingt-huit enfants.

— C'est trop. On en a soixante ici.

La rousse eut l'air de réfléchir.

— Ben, pas forcément. Le calcul tient quand on ne prend pas tout le sang du patient. Juste un peu. Ici on pourrait les...
— Vider ?
— Oui. Si on leur prend tout, on devrait y arriver. Enfin je crois.

Personne parmi les « Pluies de l'automne » n'avait rien dit, les techniciens n'avaient rien dit, le présentateur n'avait rien dit. Tout le monde avait eu l'air d'accord. Autour de nous, les enfants qui couraient dans tous les sens me faisaient penser à un champ de blé mûr. Nous allions moissonner.

53

Il avait fallu un bon moment et tout le savoir-faire d'une des infirmières qui avait fait des stages en garderie pour que tous les enfants se calment, se taisent et se mettent en rang deux par deux. L'infirmière avait dit qu'il fallait clairement leur expliquer ce qu'on allait leur faire et pourquoi, car sinon leur imagination allait s'emballer comme de petites machines à vapeur et qu'on risquait un mouvement de panique. Comme j'étais d'accord, elle s'était lancée dans tout un discours brillamment pédagogique : « Il y a des grandes personnes qui sont très malades. Vous les avez vues. Elles risquent même de mourir si on ne les soigne pas très vite et c'est pour ça qu'on va avoir besoin de vous. Pour sauver les grandes personnes malades. Hélène [l'infirmière rousse] et Anne-Catherine [une infirmière qui ressemblait au général de Gaulle] vont vous piquer le bras, ça ne fait pas mal du tout, ça chatouille un peu mais c'est tout, et prendre un peu de votre sang pour le donner aux grandes personnes qui vous en seront reconnaissantes pour toujours car vous leur aurez sauvé la vie. Est-ce qu'il y a des questions ? »

Un petit garçon très pâle avait levé la main :

— Pourquoi y avait une bombe ? il avait demandé.

— Parce qu'il y a des gens très méchants qui ne pensent qu'à faire du mal aux autres, avait répondu l'infirmière.

Un autre garçon, avec une tête de grenouille, avait demandé :

— Comment ça marche les bombes, madame ?

— Je ne sais pas. Ce n'est pas intéressant. C'est pour faire du mal alors il ne faut pas les fabriquer. C'est tout. Ce que je voudrais savoir c'est si vous avez des questions sur ce qu'on va vous faire maintenant ?

Après un moment de silence dans les rangs des soixante enfants, la fillette frisée avait levé la main.

— Est-ce qu'on va mourir ? elle avait demandé avec une voix minuscule.

L'infirmière pédagogue lui avait fait un gentil sourire.

— Mais non. Si tu veux, tu iras en premier, comme ça tu verras.

La réponse n'avait pas eu l'air de plaire à la fille. Puis j'avais interrompu l'épisode questions-réponses et j'avais dit que le temps pressait et qu'il fallait y aller.

Quatre lits avaient été installés dans un local technique, séparés du reste des studios par de minces cloisons en bois. À l'extérieur, l'infirmière pédagogue surveillait la file remuante formée par les enfants que l'on faisait rentrer deux par deux dans le local. À l'intérieur, ils étaient accueillis par Hélène et Anne-Catherine qui les allongeaient sur un des quatre lits, à côté de l'un des blessés. Hélène plantait son aiguille dans le bras du gosse, dans celle du blessé, et la transfusion commençait. Simple comme bonjour. Dirk avait eu, une fois n'est pas coutume, une bonne idée : pour éviter de devoir transporter les corps inanimés de leurs camarades sous le nez des enfants qui attendaient leur tour, il s'était dit qu'il fallait les faire passer par une fenêtre du local technique pour les cacher derrière un des grands murs de la ferme. Histoire, encore une fois, d'éviter la panique. Nous n'avions pas de temps pour ça.

Nous avions commencé par ce qui me semblait le plus important : monsieur Bone et monsieur Store et, comme promis, nous avions fait rentrer la petite frisée en premier, accompagnée du garçon à tête de grenouille qui nous observait d'un œil méfiant. Il n'avait fallu que quelques minutes pour vider complètement les deux enfants, et les faire passer sans connaissance mais vaguement remuants par la fenêtre. Deux « Pluies de l'automne » les avaient alors déposés près du mur, dans un tas de neige molle où ils furent bientôt rejoints par deux, puis quatre, puis six de leurs copains d'infortune. La file d'attente diminuait, le tas de gosses étendus dans la neige grandissait et nos blessés, désinfectés et pansés avec les moyens du bord, reprenaient vie peu à peu.

Je me souviens que j'étais sorti un moment prendre l'air et que j'avais vu ce tas de presque soixante enfants, un tas énorme. Je me souviens m'être dit qu'ils avaient l'air plus nombreux puis je m'étais rendu compte que c'était toute cette masse de bras et de jambes emmêlés qui donnait cette impression. Et toute cette masse était agitée d'étranges mouvements très lents et très beaux. De petits membres pâles sur fond blanc. La masse d'enfants ressemblait à une sorte d'anémone de mer prise par le ressac.

Après cinq heures nous avions entendu s'approcher un hélicoptère.

54

C'est mon dernier jour. Dans un coin de la chambre Nicotine a déposé un sac plastique contenant les deux ou trois trucs que j'avais en arrivant ici. J'ai tout étalé sur mon lit, l'uniforme des « Pluies de l'automne » nettoyé et repassé, un vieux pull et un pantalon en coton que je ne me souviens pas avoir jamais possédé. J'ai enfilé le pull et le pantalon, j'avais tellement maigri que je flotte dedans. À part ça, ça me va bien. Ça fait une drôle d'impression d'être débarrassé de la chemise de malade et de porter de véritables vêtements. Je me sens redevenir moi-même.

La télévision reste allumée en permanence. Quand elle est éteinte, je me mets à réfléchir et ces jours-ci je n'aime ni l'odeur ni la couleur de mes réflexions. Sur l'écran, un athlète au corps huilé se prépare pour l'une ou l'autre épreuve des Rencontres interdisciplinaires.

Sur ses tempes rasées il porte un faux tatouage publicitaire pour du matériel sportif. Je me promets de faire un peu de sport. Des pompes, des tractions et des abdos. Je n'aime pas le long morceau d'os qui me sert de corps. Avec une bonne alimentation, ça devrait pouvoir s'arranger. Il fait un temps magnifique. Pour la première fois, j'ai ouvert la fenêtre et je laisse entrer les odeurs chaudes de la ville. La vie sent bon.

Je ne dors pas bien ces derniers temps. Je rêve souvent de la petite fille frisée. Je rêve qu'on parle pendant des heures et qu'elle ne comprend pas ce que je lui raconte. Je rêve que je ne comprends pas non plus ce que je lui raconte. Je rêve qu'elle veut que je la prenne dans mes bras et que ça me fait plaisir. Drôle de rêve.

Une partie minuscule de mes souvenirs est encore perdue quelque part dans une périphérie brumeuse de ma mémoire. J'en ai parlé à Nicotine qui en a parlé au médecin chef qui a répondu que c'était normal, que certains souvenirs, en particulier ceux immédiatement relatifs à la nuit de mars 1978, pouvaient ne jamais réapparaître. Dissous dans l'adrénaline. Paf! Comme un sucre dans du café. Mais le médecin a conseillé des exercices pour me remémorer les événements qui m'ont conduit jusque-là, dans l'ordre, des plus anciens aux plus récents. Je me suis exécuté durant plusieurs jours, prenant comme point de départ le moment où les secours étaient finalement arrivés à la vieille ferme. Je me souviens qu'il n'y avait pas eu un hélicoptère mais trois. Très gros. L'armée ne rigolait pas avec la vie des annonceurs. Une équipe médicale d'une trentaine de personnes avait débarqué avec des caisses de matériel d'urgence pleines à craquer. Je me souviens de leur expression étonnée quand je leur avais raconté l'histoire des enfants, des transfusions et que je leur avais montré le grand tas de jambes et de bras près du mur. Puis, je me souviens qu'ils avaient été examiner les blessés qui récupéraient sur les lits des studios et qu'ils avaient eu l'air contents. Qu'à part quelques hémolyses à cause des groupes sanguins inappropriés il n'y avait pas eu de couac. Je me souviens qu'ils m'avaient dit que j'avais eu un bon réflexe. Ça m'avait fait plaisir. J'aimais l'idée d'être un type qui a de bons réflexes. Caroline était revenue à elle et disait : « Que s'est-il passé ? Mais que s'est-il passé ? » Moktar était revenu à lui et disait : « Bordel, bordel, bordel... » Naxos était revenu à lui et disait : « Une installation basse tension sur du courant continu a peu de chance de tenir le coup... » Les « Pluies de l'automne » étaient revenus à eux, les deux annonceurs étaient revenus à eux. Tout le monde avait **des** mines magnifiques. Tout le monde avait **des** joues roses et fraîches. Vingt ans de moins pour tout le monde.

Je me souviens qu'avec les hélicoptères était aussi arrivée une fille super bien fringuée, super bien coiffée, super souriante, qui faisait partie du conseil d'administration de la chaîne câblée. Elle s'était lancée dans une grande discussion avec le présentateur, monsieur Store de chez Kellogg's et monsieur Bone de General Food. Puis, avec ses super fringues, sa super coiffure et son super sourire, elle m'avait dit qu'il fallait qu'on arrose les enfants d'essence et qu'on y mette le feu. Je me souviens que ça, ça avait été un vrai sale boulot. Mais je me souviens que quelques jours plus tôt il y avait eu le lancement de la chaîne humanitaire et qu'on ne voulait pas apporter d'eau à son moulin. C'était logique.

Je me souviens de notre retour dans la petite ville. Vue d'en haut, elle était sinistre : toute grise sur le blanc sale de la campagne. Mes mains sentaient l'essence. On nous avait dit que pour le concert du mois prochain ça tenait toujours, que Caroline était aussi solide qu'un sous-marin nucléaire, qu'elle allait se remettre et qu'on nous souhaitait de bonnes fêtes. Je me souviens que le sapin et les boules étaient toujours là. Je me souviens que la fille du conseil d'administration n'avait pas lâché son super sourire mais que je m'étais dit que, dans le fond, elle n'en menait pas large. Ce qui aurait dû être un succès d'audience avait été un épouvantable gâchis où l'un des principaux annonceurs était mort, où les autres étaient blessés et furax, proches de claquer la porte de cette chaîne miteuse. La guerre qui avait été un fruit tellement juteux n'était plus qu'un misérable tas de merde.

Je me souviens parfaitement que c'est ce soir-là que Dirk tua Moktar. Je me souviens que ce crétin prétendit qu'il s'agissait d'autodéfense, que le Slovène s'était jeté sur lui. Tout le monde crut cette version même si la mort de l'homme dont j'avais été le plus proche avait été provoquée par l'étouffement dans son sommeil. Personne n'avait posé de questions. Je me souviens qu'à partir de ce moment-là, tout commença à sérieusement partir en couille. À la télé, on ne voyait plus que Jim-Jim dont les mélodies dégoulinaient dans toutes les émissions. On ne parlait plus de Caroline. À ce rythme, je m'étais demandé à quoi bon maintenir la programmation du concert puis je me souviens que j'avais cessé de me poser des questions et que je passais les semaines suivantes complètement seul à me promener dans les bois et la neige, sur les traces de Moktar qui me manquait plus que je n'aurais pu le croire.

Je me souviens que toute une partie de moi contre laquelle j'étais très en colère continuait à espérer un signe de Caroline et que cette partie idiote qui s'était développée de manière parasitaire sur l'une ou l'autre faiblesse de mon caractère essayait de me persuader qu'un signe de Caroline aurait été une sorte de vaccin contre tous les trucs moches qui m'arrivaient dans la vie. Caroline ne sortit pas de ses appartements. Tout le monde s'en foutait. Quand il nous arrivait de passer devant le décor du futur concert, on se disait que ça allait être un bide. Je me souviens que ça nous faisait rigoler.

Après ça je ne me souviens plus de rien.

55

À part Nicotine, personne n'est là pour me dire au revoir. D'ailleurs elle n'est pas là pour me dire au revoir. Je crois qu'elle est là pour me faire signer un papier. Un truc en rapport avec le règlement de l'hôpital. C'est un drôle de moment. Pas vraiment émouvant. Drôle.

Comme mes souvenirs, malgré les exercices prescrits, n'ont toujours pas repris leur forme originale, je pose la question à Nicotine. Elle n'a pas l'air ému. Elle a la même tête grise que d'habitude.

— Que s'est-il passé le soir du concert?
— Vous voulez dire l'attaque?
— Oui. Je me souviens d'explosions et de fusées éclairantes. Mais je ne me souviens pas de ce qui s'est passé, qui nous attaquait et tout ça.
— Qui vous attaquait? me demande Nicotine en souriant et en agitant la tête.

— Oui?

— Tout le monde l'a su après parce qu'un annonceur a fait un procès à la chaîne, mais l'attaque était organisée par la chaîne elle-même. Ils s'étaient apparemment dit qu'une attaque en plein concert de Caroline allait relancer l'audience.

— Et ça a marché?

— Apparemment non. Personne ne regardait, de toute façon.

— Je me souviens que j'avais couru derrière Caroline et qu'elle me criait quelque chose. Qu'est-ce que c'était?

— Comment voulez-vous que je le sache? De toute façon, elle ne doit pas vous aimer beaucoup. Elle travaille sur une chaîne concurrente maintenant et elle vous a chargé à mort. C'est elle qui a raconté l'histoire avec les enfants. Elle a emmené une équipe de télévision sur les lieux. Ils ont filmé le trou avec les corps carbonisés.

Je ne dis rien. Je signe le papier. Nicotine ne me regarde pas m'éloigner. Elle fait mon lit. Je suis les indications de sortie. La rue me fait l'effet d'une dose trop forte de drogue dans les veines. Je dois m'asseoir sur le trottoir. Les gens qui passent me regardent comme si j'étais un pauvre alcoolo. Je me force à respirer. Calmement. Gentiment. Et puis je me dis : « C'est pas grave tout ça. Allons, ce n'est pas grave. »

DU MÊME AUTEUR

SITUATION INSTABLE PENCHANT VERS LE MOIS D'AOÛT, *nouvelles*, Éditions Jacques Grancher

IL Y AVAIT QUELQUE CHOSE DANS LE NOIR QU'ON N'AVAIT PAS VU, *nouvelles*, Éditions Julliard, J'ai lu

À PART MOI, PERSONNE N'EST MORT, *nouvelles*, Le Castor Astral, J'ai lu

PREMIÈRES NOUVELLES !, *nouvelles*, Ancrages

MORT D'UN PARFAIT BILINGUE, *roman*, Au diable vauvert (Folio n° 3734)

DE LA TERRIBLE ET MAGNIFIQUE HISTOIRE DES CRÉATURES LES PLUS MOCHES DE L'UNIVERS, *roman Jeunesse*, Éditions Labor, 2002

FIGURE DU TRANSFERT (ÉPISODES CLINIQUES), *théâtre*, Éditions du Grand Miroir, 2002

COLLECTION FOLIO

Dernières parutions

3621 Truman Capote — *Cercueils sur mesure.*
3622 Francis Scott Fitzgerald — *La Sorcière rousse,* précédé de *La coupe de cristal taillé.*
3623 Jean Giono — *Arcadie...Arcadie...,* précédé de *La pierre.*
3624 Henry James — *Daisy Miller.*
3625 Franz Kafka — *Lettre au père.*
3626 Joseph Kessel — *Makhno et sa juive.*
3627 Lao She — *Histoire de ma vie.*
3628 Ian McEwan — *Psychopolis* et autres nouvelles.
3629 Yukio Mishima — *Dojoji* et autres nouvelles.
3630 Philip Roth — *L'habit ne fait pas le moine,* précédé de *Défenseur de la foi.*
3631 Leonardo Sciascia — *Mort de l'Inquisiteur.*
3632 Didier Daeninckx — *Leurre de vérité* et autres nouvelles.
3633. Muriel Barbery — *Une gourmandise.*
3634. Alessandro Baricco — *Novecento : pianiste.*
3635. Philippe Beaussant — *Le Roi-Soleil se lève aussi.*
3636. Bernard Comment — *Le colloque des bustes.*
3637. Régine Detambel — *Graveurs d'enfance.*
3638. Alain Finkielkraut — *Une voix vient de l'autre rive.*
3639. Patrice Lemire — *Pas de charentaises pour Eddy Cochran.*
3640. Harry Mulisch — *La découverte du ciel.*
3641. Boualem Sansal — *L'enfant fou de l'arbre creux.*
3642. J. B. Pontalis — *Fenêtres.*
3643. Abdourahman A. Waberi — *Balbala.*
3644. Alexandre Dumas — *Le Collier de la reine.*
3645. Victor Hugo — *Notre-Dame de Paris.*
3646. Hector Bianciotti — *Comme la trace de l'oiseau dans l'air.*
3647. Henri Bosco — *Un rameau de la nuit.*

3648. Tracy Chevalier	*La jeune fille à la perle.*
3649. Rich Cohen	*Yiddish Connection.*
3650. Yves Courrière	*Jacques Prévert.*
3651. Joël Egloff	*Les Ensoleillés.*
3652. René Frégni	*On ne s'endort jamais seul.*
3653. Jérôme Garcin	*Barbara, claire de nuit.*
3654. Jacques Lacarrière	*La légende d'Alexandre.*
3655. Susan Minot	*Crépuscule.*
3656. Erik Orsenna	*Portrait d'un homme heureux.*
3657. Manuel Rivas	*Le crayon du charpentier.*
3658. Diderot	*Les Deux Amis de Bourbonne.*
3659. Stendhal	*Lucien Leuwen.*
3660. Alessandro Baricco	*Constellations.*
3661. Pierre Charras	*Comédien.*
3662. François Nourissier	*Un petit bourgeois.*
3663. Gérard de Cortanze	*Hemingway à Cuba.*
3664. Gérard de Cortanze	*J. M. G. Le Clézio.*
3665. Laurence Cossé	*Le Mobilier national.*
3666. Olivier Frébourg	*Maupassant, le clandestin.*
3667. J.M.G. Le Clézio	*Cœur brûle et autres romances.*
3668. Jean Meckert	*Les coups.*
3669. Marie Nimier	*La Nouvelle Pornographie.*
3670. Isaac B. Singer	*Ombres sur l'Hudson.*
3671. Guy Goffette	*Elle, par bonheur, et toujours nue.*
3672. Victor Hugo	*Théâtre en liberté.*
3673. Pascale Lismonde	*Les arts à l'école. Le Plan de Jack Lang et Catherine Tasca.*
3674. Collectif	*«Il y aura une fois». Une anthologie du Surréalisme.*
3675. Antoine Audouard	*Adieu, mon unique.*
3676. Jeanne Benameur	*Les Demeurées.*
3677. Patrick Chamoiseau	*Écrire en pays dominé.*
3678. Erri de Luca	*Trois chevaux.*
3679. Timothy Findley	*Pilgrim.*
3680. Christian Garcin	*Le vol du pigeon voyageur.*
3681. William Golding	*Trilogie maritime, 1. Rites de passage.*
3682. William Golding	*Trilogie maritime, 2. Coup de semonce.*

3683. William Golding	*Trilogie maritime, 3. La cuirasse de feu.*
3684. Jean-Noël Pancrazi	*Renée Camps.*
3686. Jean-Jacques Schuhl	*Ingrid Carven.*
3687. *Positif,* revue de cinéma	*Alain Resnais.*
3688. Collectif	*L'amour du cinéma. 50 ans de la revue* Positif.
3689. Alexandre Dumas	*Pauline.*
3690. Le Tasse	*Jérusalem libérée.*
3691. Roberto Calasso	*la ruine de Kasch.*
3692. Karen Blixen	*L'éternelle histoire.*
3693. Julio Cortázar	*L'homme à l'affût.*
3694. Roald Dahl	*L'invité.*
3695. Jack Kerouac	*Le vagabond américain en voie de disparition.*
3696. Lao-tseu	*Tao-tö king.*
3697. Pierre Magnan	*L'arbre.*
3698. Marquis de Sade	*Ernestine. Nouvelle suédoise.*
3699. Michel Tournier	*Lieux dits.*
3700. Paul Verlaine	*Chansons pour elle et autres poèmes érotiques.*
3701. Collectif	*« Ma chère maman ».*
3702. Junichirô Tanizaki	*Journal d'un vieux fou.*
3703. Théophile Gautier	*Le capitaine Fracassse.*
3704. Alfred Jarry	*Ubu roi.*
3705. Guy de Maupassant	*Mont-Oriol.*
3706. Voltaire	*Micromégas. L'Ingénu.*
3707. Émile Zola	*Nana.*
3708. Émile Zola	*Le Ventre de Paris.*
3709. Pierre Assouline	*Double vie.*
3710. Alessandro Baricco	*Océan mer.*
3711. Jonathan Coe	*Les Nains de la Mort.*
3712. Annie Ernaux	*Se perdre.*
3713. Marie Ferranti	*La fuite aux Agriates.*
3714. Norman Mailer	*Le Combat du siècle.*
3715. Michel Mohrt	*Tombeau de La Rouërie.*
3716. Pierre Pelot	*Avant la fin du ciel.*
3718. Zoé Valdès	*Le pied de mon père.*
3719. Jules Verne	*Le beau Danube jaune.*
3720. Pierre Moinot	*Le matin vient et aussi la nuit.*
3721. Emmanuel Moses	*Valse noire.*

Composition C.M.B. Graphic.
Impression Société Nouvelle Firmin-Didot
à Mesnil-sur-l'Estrée le 28 août 2002.
Dépôt légal : août 2002.
Numéro d'imprimeur : 60749.

ISBN 2-07-042172-4/Imprimé en France.

6224